zersetzt

Thriller

Lena Sander

Sander-Lena@online.de

Covergestaltung: Lena Sander / Reiner Sander

Titelbild: www.fotolia.com

Lektorat: Susanne Pavlovic www.textehexe.com

Die Grundidee des Thrillers "Zersetzt" basiert auf wahren Begebenheiten und wird im Anhang ausführlich erläutert.

Prolog

Heute

Es hielt sie mit aller Kraft in den Wirrungen und Verzweigungen seiner Untiefen gefangen. Gefangen auf einer Bewusstseinsebene, der sie machtlos gegenüberstand und auf die sie keinen maßgeblichen Einfluss hatte. Ihr Körper lag leblos auf einer Trage, doch im nächsten Moment öffnete sie ihre Augen und ihr Leib begann zu zittern. Ein karg eingerichteter Raum, nur der grelle Schein eines Strahlers, der direkt auf sie gerichtet war. Sie ließ ihren Kopf nach rechts fallen und sah Messer, die akribisch der Größe nach geordnet auf einem Beistelltisch lagen. Die Klingen reflektierten das grelle Licht. Mit einem lauten Knarren wurde eine Tür geöffnet und quietschende Schuhsohlen kamen Schritt für Schritt näher. Der Fremde machte sich an den glänzenden Utensilien zu schaffen. Sie strampelte panisch, doch dies verursachte nur eine Straffung der Fesseln, die ihre Gliedmaßen gefangen hielten. Sie schnürten sich immer tiefer in das Fleisch ihrer Hand- und Fußgelenke und stoppten die Blutzufuhr. Der Unbekannte griff nach dem größten Messer und einem Bunsenbrenner. Ein Reflex befahl ihr, die Augen zu schließen, doch die Person fixierte ihre Lider mit einem Klebeband. Sie wollte entfliehen, diesem Wahnsinn entkommen. Sie riss abermals an den Bändern und wollte schreien, das verhinderte jedoch der Knebel in ihrem Mund. Mit geübter Hand brannte ihr Peiniger die Klinge ab und drehte sich zu ihr um. Sie roch das glühende Eisen, das sich langsam ihrem Augapfel näherte. Die Spitze der roten Glut hatte die Bindehaut fast erreicht.

Als hätte jemand den Antennenstecker des Bildschirmes gezogen, sah sie nur noch ein Flimmern vor ihrem geistigen Auge. Mit aller Macht wollte sie diesem Albtraum entfliehen, doch dann änderte sich schlagartig das Bild. Gefangen in einem engen Raum, eine klaustrophobische Angst, die ihr die Luft abschnürte und sie zu einer Hyperventilation zwang. Ihre Blicke schweiften nach oben. Dunkle Schatten krochen in amphibischen Bewegungen über die mit Nägeln bestückten Wände. Diese rückten Stück für Stück näher und drohten sie zu zerquetschen. Sie öffnete den Mund, wollte schreien, doch ihre Kehle war wie zugeschnürt, sie brachte keinen Ton hervor. Je weiter sie sich von den Schatten entfernen wollte, desto näher kam sie den scharfen Metallspitzen. Wie Rasiermesser zerschnitten sie jedes Stück Stoff auf ihrer Haut.

Es war nur ein Albtraum!? Sie wollte die Geschehnisse zwischen Realität und Täuschung rekapitulieren, doch es gelang ihr nicht. Die Bilder veränderten sich, sie waren wie in Nebel gehüllt. Schritte kamen auf sie zu. Durch den milchigen Schleier konnte sie das Gesicht der Person, die sich jetzt über sie beugte, nicht genau erkennen. »Wer sind Sie? Wo bin ich?« Einzelne Wortfetzen drangen an ihr Ohr, aber die Gestalt sprach nicht mit ihr. Wieder versuchte sie, sich darauf zu konzentrieren, ihr volles Bewusstsein zu erlangen.

Über die Venen schoss es in ihren Blutkreislauf, gelang über die Kapillare in das Netzwerk ihrer Organe und setzte sich in jeder Zelle ihres Körpers fest. Die Bilder wurden unscharf und das Flackern, das sich wie ein Lauffeuer in ihren Augen ausbreitete, explodierte in einem schwarzen Nichts.

Kapitel 1

Vor zwei Tagen

Sie drückte den Klingelknopf neben dem Praxisschild »Dr. Johanna Seifert - Fachärztin für Psychologie« und eine wiederkehrende Melodie war zu hören. Julia hoffte, dass sich die Psychiaterin auch außerhalb ihrer Sprechzeiten, die auf dem Acrylglasschild ausgewiesen waren, in ihrer Praxis aufhielt. Durch die zerrissene Bluse betrachtete sie die Wunde an ihrer Schulter. Das Blut war bereits getrocknet. Sie spürte die gebrochene Rippe, die ihr wenig Luft zum Atmen ließ, und die Prellungen, die sich über einige ihrer Körperregionen verteilten. Dennoch waren dies ihre geringsten Probleme. Ihre linke Hand, deren Hautoberfläche eine Verbrennung zweiten Grades aufwies, war zwar Tage zuvor medizinisch versorgt worden, allerdings vernebelten die starken Schmerzmittel nur ihre Sinne und betäubten kaum die höllischen Schmerzen. Der plötzliche Regenschauer, in den sie auf dem Weg zu Dr. Seifert geraten war, hatte ihren Verband aufweichen lassen. Aus den vollgesogenen Kleidern tropfte das Wasser herab und bildete bereits eine kleine Pfütze auf der Fußmatte. Sie betätigte erneut den Klingelknopf, doch hinter der Tür war kein Klacken von Schuhsohlen zu hören, kein Räuspern, das sie sonst immer vernehmen konnte, kurz bevor Dr. Seifert die Tür öffnete.

Die Bilder tauchten immer wieder auf. Bilder, von denen sie sich nicht verabschieden konnte. Die sich in ihrer Seele eingebrannt und tiefe Narben hinterlassen hatten. Sie kamen jede Nacht, griffen nach ihr, bahnten sich den Weg und zogen sie in den Abgrund ihres tiefsten Unterbewusstseins. Dort wo die Geheimnisse eines jeden Menschen gehütet und vergraben werden bis … ja, bis die Schleuse geöffnet wird.

Nachdem Julia energisch gegen die Tür gehämmert hatte, wurde diese abrupt geöffnet. Frau Dr. Seifert stand etwas benommen vor ihr und strich sich eine Strähne ihrer brünetten Haare, die nicht wie sonst frisch vom Friseur gestylt waren, aus der Stirn. Julia nahm an, dass sich die Psychiaterin gerade selbst auf ihrer Couch etwas Ruhe gegönnt hatte. Seifert hielt sich am Türrahmen fest, als sie Julia in ihrem jämmerlichen Zustand erblickte.

»Großer Gott, Frau Hoven … « Sofort half sie ihr in die Praxis und auf die charakteristische, rote Psychiatercouch, mit der Julia schon einige Male Bekanntschaft hatte machen dürfen.

»Ich brauche Ihre Hilfe, bitte«, brachte Julia gequält hervor.

»Was ist denn geschehen?« Johanna Seifert lief kopfschüttelnd durch die Praxisräume und kam dann mit einigen trockenen Kleidungsstücken und Verbandsmaterial zurück.

»Menschen, Frau Seifert«, keuchte Julia gehetzt. »Menschen die nicht nur dein Äußeres zerstören, sondern da zupacken, wo es noch viel schmerzhafter ist. Die

äußeren Narben können heilen, doch die inneren Wunden ganz tief in der Seele bluten weiter.«
Nachdem die Psychologin Julias Verletzungen notdürftig versorgt hatte, schob sie den großen Klubsessel, der unter den Schiebebewegungen verdächtig knarrte, neben das Sofa und ließ sich hineinfallen.

»Ich …«, Julia stockte.

»Ich kann mich nicht mehr an alles erinnern, aber gestern muss etwas Schreckliches passiert sein. Ich weiß, dass ich gewissen Personen durch meine Recherchen seit Wochen schon auf die Füße getreten bin, allerdings weisen meine Erinnerungen große Lücken auf.« Julia lehnte sich zurück und zog die Wolldecke, die auf dem Sofa lag, über ihre Beine.

»Das würde für eine dissoziative Amnesie sprechen, die durch ein Trauma ausgelöst wurde. Dafür ist das explizite Gedächtnis zuständig. Hier werden alle bewusst abrufbaren Ereignisse gespeichert. Es kann Wochen dauern, bis Ihr Gehirn diesen komplizierten Verarbeitungsprozess abgeschlossen hat und Sie sich wieder an alle Fakten erinnern können«, diagnostizierte Frau Dr. Seifert. Julia bekam einen Hustenanfall und spürte dabei den Schmerz, den die gebrochene Rippe verursachte.

»Genau das ist mein Problem. Die Zeit habe ich nicht. Auch wenn ich sonst nichts weiß, aber dass mir die Zeit davonrennt – warum auch immer – kann ich mit Bestimmtheit sagen.« Obwohl es in den kleinen Praxisräumen nicht kalt war, zitterte Julia am ganzen Körper und zog die Decke bis unter ihr Kinn. Frau Dr.

Seifert schob die Brille, die auf ihre Nasenspitze gerutscht war, nach oben und sah Julia an.

»Neben den psychoanalytischen Ansätzen könnte auch eine hypnotische Therapie in Betracht kommen. Warten Sie mal ...« Seifert stand auf, ging zu dem großen Aktenschrank in der Ecke, zog die Lade auf, nahm Julias Akte heraus und blätterte darin herum.

»Durch die Hypnose können wir zwar die vergessenen Ereignisse ins Bewusstsein zurück holen, aber ich bin mir nicht sicher, ob das bei Ihrer Vorgeschichte der richtige Weg ist. Wir müssten weiter in Ihrer Vergangenheit zurück, circa eineinhalb Jahre.«

»Nein«, hörte sich Julia selbst lauter als beabsichtigt sagen. »Nicht dahin zurück. Zwei Monate, das reicht vollkommen, damit ich die Zusammenhänge eruieren kann. Bitte, die Zeit läuft mir davon.«

»Ist in Ordnung«, sagte Frau Dr. Seifert und unterstütze Julia dabei, ihren geschundenen Körper auf dem Sofa abzulegen. Nachdem sich auch die Psychologin in ihrem leicht zerknitterten, roten Designerkostüm wieder in dem Klubsessel niedergelassen hatte, leitete sie mit ihrer gleichbleibend beruhigenden Stimme die Hypnose ein.

Zwei Monate zuvor

Als sie mit ihrem roten Golf auf die Friedrichstraße bog, waren ihr das Getümmel der geschäftigen Fußgänger, das Gebimmel der S-Bahn und die renovierten Fassaden der prächtigen Altbauten egal. Alles zog an ihrem fokussierten Blick vorbei. Wie ein schlecht produzierter

Spielfilm, der nur lief, weil man aus Gewohnheit am Abend den Knopf des Fernsehers betätigt hatte. Zwischen Trance und vollem Bewusstsein. Julia wusste, dass etwas Schlimmes passiert sein musste, warum sollte das Krankenhaus sonst bei der Zeitung anrufen und sie direkt aus der Redaktionssitzung zitieren? Sie biss sich auf ihre Lippen. Nervosität quittierte ihr rechtes Bein seit ihrem Trauma immer mit einem Zittern, das sich vom Oberschenkel bis in den kleinen Zeh ausbreitete. Dort angelangt zappelte das komplette Bein einen gleichbleibenden, schnellen Rhythmus.

Julia sah nur einen Schatten, der an ihrem starren Blick vorbeihuschte. Instinktiv trat sie auf die Bremse. Durch das Quietschen der Reifen erschreckt, zuckte die ältere Dame auf dem Zebrastreifen zusammen und ging dann wild gestikulierend ihres Weges.

Julia hörte die Worte der Ärzte immer noch in ihren Ohren nachhallen – »Es war richtig, ihn nach Berlin zu bringen, hier können wir ihm helfen«. Dabei hatten sie keine Ahnung, genau wie die Ärzte in den letzten fünf Krankenhäusern in Freiburg. Karl wurde immer schwächer. Unerklärliche Symptome hatten sich im letzten halben Jahr gehäuft.
Um das Elisabethen-Krankenhaus war ein Gerüst aufgestellt. Julia sah sich auf dem Weg vom Parkplatz bis zur Klinik das alte Gemäuer an und zweifelte, ob die Empfehlung, Karl hierher zu verlegen, richtig gewesen war. Krankenhäuser. Sie hatte mittlerweile eine Abneigung gegen diese kahlen, weißen Wände. Selbst die

abstrakten Bilder, die dort hingen, waren nichtssagend und konnten dem Ambiente definitiv keinen fröhlichen Touch verleihen. Die Neonbeleuchtung unterstrich die kalte Atmosphäre. Der Geruch nach Bohnerwachs, Desinfektionsmittel und Urin war unangenehm. Das Vertrauen zu Ärzten, die sie immer wie ein kleines, dummes Kind behandelten, war schon lange gebrochen.

Ihre Schuhe quietschten auf dem abgelatschten Linoleumboden. Sie zupfte nervös an einer langen, blonden Haarsträhne, die ihr über die Augen fiel, während die Krankenschwester beschwichtigte.

»Mir ist nichts bekannt, aber wenn Sie angerufen wurden, dann wird es schon seine Richtigkeit haben. Sprechen Sie mit dem behandelnden Arzt, er kann ihnen weiterhelfen.« Verstört und etwas desorientiert machte sich Julia auf den Weg ins Arztzimmer. Eine der Migräneattacken, die sie immer wieder heimsuchten, kündigte sich durch ein leichtes Klopfen unter der Schädeldecke an. Das Pochen verstärkte sich mit jedem Schritt, den sie sich ihrem Ziel näherte. Den Film, der gerade in ihrem Kopfkino abgespielt wurde, wollte Julia nicht sehen, doch den OFF-Knopf konnte sie nicht entdecken. Die Tür zum Arztzimmer war nur angelehnt und ein älterer Herr mit schräg über die Glatze gekämmten, weißen Haaren bat Julia, einzutreten.

»Sie sind Julia Hoven, die Tochter?«

»Ja, was ist los, Herr Doktor, warum haben Sie angerufen?«

»Mein Name ist Dr. Pupescu, ich bin Chefarzt der Kardiologie. Wir mussten Ihren Vater auf die Intensivstation verlegen, da sich sein Zustand drastisch

verschlechtert hat. Zu den Unterleibsschmerzen, dem Blutdruckabfall, der plötzlichen Erblindung auf einem Auge und den schweren Herzrhythmusstörungen haben wir eine Herzmuskelentzündung diagnostiziert.«
Für einen kurzen Moment setzte Julias Atmung aus. Erschrocken und verängstigt über diese Aussage kullerten Tränen über ihre Wangen.

»Aber warum, was ist die Ursache? Konnten Sie mittlerweile etwas herausfinden?«, schluchzte Julia, die kein Taschentuch in ihrer viel zu großen Handtasche finden konnte und ihre Tränen an den Ärmel ihres T-Shirts abwischte. Der Kardiologe griff in seine Schreibtischschublade und schob ihr ein Päckchen über den Tisch.

»Nein, wir haben noch nicht alle Untersuchungen abgeschlossen, aber ich verspreche Ihnen, wir tun unser Möglichstes.«

»Das hat man uns in den letzten Krankenhäusern auch erzählt, und es wurde keine Ursache gefunden. Im Gegenteil, die Symptome werden immer schlimmer, das sehen Sie ja selbst«, erwiderte Julia verzweifelt.

»Beruhigen Sie sich. Sobald wir mehr wissen, melden wir uns sofort bei Ihnen. Er ist soweit stabil, Sie können ihn jetzt auf der Intensivstation besuchen, aber nur kurz.«

Karl war kaum wiederzuerkennen. Eingefallen, blass und ohne jeglichen Gesichtsausdruck lag er leblos im Krankenbett. Die grau melierten Haare, die vor dieser ominösen Krankheit nur seine Schläfen geziert hatten, bedeckten jetzt den kompletten vorderen Bereich seines Haupthaares. Die Schläuche, Infusionen und medizinischen Geräte, die um das Bett herum standen, waren kein schöner Anblick.

»Daddy«, flüsterte Julia und streichelte seine Hand – keine Reaktion. Es war nur der monotone Piepton der Herzüberwachungsmaschine zu hören.

Ein Mann, der immer mit beiden Beinen im Leben stand, der auch in den verzwicktesten Situationen einen Ausweg fand, lag hilflos vor ihr. Durch seine muskulöse Statur und das sichere Auftreten hatte er immer einen gewissen Respekt ausgestrahlt, sobald er einen Raum betrat. Allein sein Lächeln konnte so viel Trost spenden, dass die Traurigkeit in Sekundenschnelle verflog. Und nun lag er vor ihr wie ein Häufchen Elend, aus dem der Hauch des Lebens langsam entwich. Die blinkenden Geräte konnte Julia mittlerweile einordnen, auch die Zahlen waren für sie aussagekräftig, und genau das machte ihr Angst. Karl öffnete kurz die Augen.

»Daddy?« Er blinzelte und drückte ihre Hand, dann schloss er seine Augen wieder. Wie paralysiert hielt sie seine Hand fest, erzählte von früheren, schönen Zeiten und musste sich zusammenreißen, damit sie nicht von Tränen geschüttelt zusammenbrach.

Das Intervall des Pieptones wurde schneller. Karls Lider zuckten. Die Anzeige auf der Herzüberwachungsmaschine schlug aus.

»Schwester, schnell!«

Für Julia lief jetzt alles wie in Zeitlupe ab. Zwei Ärzte kamen ins Zimmer. Eine Schwester schob sie zur Seite.

»Daddy!« Sie hantierten mit Spritzen, Kanülen, legten seinen Oberkörper frei. Eine Krankenschwester nahm Julia am Arm und brachte sie auf den Gang.

»Warten Sie bitte hier, die Ärzte brauchen den Platz, damit sie Ihrem Vater helfen können.«

Stille. Weiße kahle Wände. Das Ticken einer Uhr – *und wenn sie stehen bleibt?* Julia lief nervös den Gang auf und ab, bis sie sich gegen das große Zittern in ihrem Bein nicht mehr wehren konnte. Sie setzte sich auf einen der drei Plastikstühle, die an der gegenüberliegenden Wand aufgestellt waren. Setzen – Aufstehen –Setzen – Aufstehen. Eine Tür ging auf, und sie blickte einer Krankenschwester hoffnungsvoll entgegen.

»Ich kann Ihnen noch nichts sagen Frau Hoven, Sie müssen auf den Arzt warten.«

Warten – dieses Wort konnte Julia nicht mehr hören. Wieder rannte ein Mediziner in das Zimmer ihres Vaters. Beim Öffnen der Tür hörte sie, »Gefäße verengt.« *Was hat das zu bedeuten? – Ich hätte anstatt Journalismus Medizin studieren sollen.* Julia starrte auf die tickende Uhr. Das Warten schien kein Ende zu nehmen. Abermals öffnete sich die Tür und ein Arzt kam auf Julia zu. Sie versuchte in seinem Gesicht zu lesen – keine Mimik. *Oh Gott, lass es nicht zu.* Das Ticken der Uhr wurde leiser.

»Er hatte einen Herzinfarkt.«

Ihr Atem stockte. Das Zittern breitete sich nun im gesamten Körper aus. Verzweifelt hielt sie sich an der Stuhllehne fest, sie befürchtete das Schlimmste. Der Kloß, der sich in ihrem Hals festgesetzt hatte, schien ihrem Mund jegliche Flüssigkeit zu entziehen.

»Er lebt. Es wird jetzt ein Katheter zum Herzen gelegt. Die verschlossenen Gefäße werden mit Ballons - man nennt das Ballondillatation - auseinandergespreizt, damit das Blut wieder fließen kann. Ihr Vater bleibt auf der Intensivstation zur Überwachung. Er ist erst 54 Jahre alt und stark, er schafft das.« Er lebt. Er atmet. Die Uhr tickt. Die Erleichterung – er lebt!

Oberschwester Kati trat aus der Tür:

»Frau Hoven, Ihr Vater wird rund um die Uhr überwacht. Wir können sofort eingreifen, falls sich sein Gesundheitszustand verschlechtert, er braucht Ruhe. Sie müssen jetzt bitte gehen.«

Julia wollte den Schock und die Hilflosigkeit abschütteln und eilte über die langen Gänge, die breite Treppe hinunter bis zum Ausgang. Den großen, dunkelhaarigen Mann, der ihr entgegen kam, bemerkte sie nicht und rannte in ihn hinein. Ihm fielen Akten aus den Händen, die sich auf dem Boden verteilten.

»Entschuldigung«, sagte Julia halbherzig und bückte sich, um die Papiere aufzuheben. Rasch sammelte sie einen Teil der losen Blätter wieder ein, stand auf und blickte in zwei stahlblaue Augen.

»Hallo, Sie haben es aber eilig, haben Sie sich verletzt?«

»Ähm, nein, alles okay, und Sie so?«, druckste Julia. Der Mann lächelte. Sie lächelte gezwungen zurück und verabschiedete sich.

Kapitel 2

Das Erste, was Julia in die Ecke ihres Flures schmetterte, waren ihre hochhackigen Pumps. *Das sind Sitzschuhe und keine Laufschuhe. Die wurden bestimmt von Männern erfunden, die müssen ja auch nicht stundenlang darauf herumstolzieren.*

»Die Schuhe verleihen deinen langen Beinen eine gewisse Unendlichkeit«, hatte Martin immer gesagt. Doch er wusste, dass sich Julia in bequemen Turnschuhen und zerschlissenen Jeans wohler fühlte. Bis vor sechs Wochen hatte sie dieses Exemplar Mann als Verlobten betrachtet. »Eine Wochenendbeziehung kann auch gut gehen«, hatte er gesagt. »Wir lieben uns, daran können auch 820 km Entfernung nichts ändern.« Bis sie ihn überraschend in Freiburg besucht hatte. Bis sie ihn mit einer Anderen erwischt hatte. Bis ihr die Augen geöffnet wurden. Ja, bis dahin waren 820 km kein Problem gewesen. Die zerpflückten Fotoschnipsel lagen zwischen den medizinischen Fachbüchern überall auf dem Boden verteilt. Julia bückte sich, rieb ihre müden Beine und gab den Schuhen einen herzhaften Tritt.

In der großzügig ausgebauten Mansardenwohnung in Berlin Grunewald standen ringsherum noch gepackte Kisten. Die Miete im Nobelviertel hätte sich Julia normalerweise nicht leisten können, doch ihr Vater hatte seine guten Beziehungen spielen lassen und so ein bezahlbares Quartier gefunden. Im Schlafzimmer entledigte sie sich der ungeliebten Kleidung, warf diese auf den vollgehängten Stuhl und streifte ihren bequemen Jogginganzug über. Auch hier lagen medizinische Fachartikel, Zeitschriften und Bücher kreuz und quer im Zimmer verstreut. Julia zwinkerte dem einäugigen Teddybär zu, der mitten auf dem französischen Bett thronte, und murmelte: »Guck nicht so, ich räume am Wochenende auf, fest versprochen.« Rein optisch war er keine Sehenswürdigkeit, dennoch konnte sie ihren Kindheitsbegleiter nicht einfach so entsorgen. Sie warf ihre langen blonden Haare nach hinten über die Schultern und band sie zu einem Pferdeschwanz zusammen. In ihren Gedanken vertieft, lief sie an der Kochecke vorbei, die in das Wohnzimmer integriert war. Ihr Magen knurrte. Seit Tagen hatte Julia nur unregelmäßig gegessen. Allerdings würde sie nicht so schnell verhungern, denn seitdem sie das Rauchen aufgegeben hatte, nistete sich auf ihren Rippen das ein oder andere Pölsterchen ein. Auf der Suche nach etwas Essbarem öffnete sie den Kühlschrank: eine Gurke, Milch, eine Flasche Mineralwasser und zwei Bananen. Sie schüttelte den Kopf, ging zum Küchenschrank und fand in dem heillosen Durcheinander eine Minutenterrine. *Egal, das muss reichen.* Da der Wasserkocher eines der wenigen Utensilien war, die sie in letzter Zeit in der Küche in Gebrauch hatte, stand er in greifbarer Nähe. Sie übergoss das trockene Pulver mit dem kochenden Wasser und ging zum Wohnzimmertisch. Dort schob sie einen Pizzakarton, eine halbvolle Flasche Rotwein und ein benutztes Glas zur Seite, rührte um und aß die dampfende Brühe. *Ich sollte doch mal wieder aufräumen.* Täglich pendelte Julia zwischen Redaktion und Krankenhaus, daher war keine Zeit für private Belange und schon gar nicht für den zeitraubenden Hausputz. Ihr Blick schweifte sehnsüchtig auf den kleinen Schreibtisch in der Ecke, auf dem ein Foto in einem alten, bemalten Holzrahmen stand. Er war von Kinderhand liebevoll gebastelt. Das Bild zeigte eine glückliche Familie. Mann, Frau und ein etwa zwölf Jahre altes Mädchen mit langen, blonden Zöpfen.

Julia musste etwas Luft schnappen und ging zur kleinen Loggia, die an das Schlafzimmer grenzte. Die Tür klemmte und ließ sich nur schwer öffnen. Ihr Blick wanderte zu der angefangenen Schachtel Zigaretten, die sie seit Wochen mutig ignorierte. Sie kämpfte kurz mit ihrem inneren Schweinehund, der ohne große Überredungskunst gewann. Nach dem ersten tiefen Zug an dem Glimmstängel musste sie husten und verteufelte das verflixte Nikotin. Nach dem zweiten erinnerten sich ihre Lungen an das süchtig machende Kraut und willigten wohlwollend ein.

Julia blickte an der alten großen Eiche vorbei auf die gegenüberliegende Dachterrasse einer Villa. Ein Mann saß dort in der Sonne und winkte zu ihr herüber. Oder meinte er sie vielleicht gar nicht? Sie war neu in Berlin und kannte noch niemanden. Ja, bestimmt hatte er einem Nachbarn zugewunken, der auch auf seinem Balkon stand.

Das Klingeln des Telefons unterbrach Julias Hypothese, sie drückte die Zigarette in den Aschenbecher und eilte ins Wohnzimmer.

»Elisabethen-Krankenhaus, Oberschwester Kati Schröder, guten Abend Frau Hoven.« Julia erschrak im ersten Moment.

»Was ist passiert, was ist mit meinem Vater?«

»Der Gesundheitszustand Ihres Vaters hat sich nicht verschlechtert, keine Sorge, beruhigen Sie sich. Der Grund meines Anrufes ist ein anderer. Es wurden weitere Patienten eingeliefert, mit ähnlichen Symptomen, wie sie Ihr Vater aufweist. Auch meine Mutter ist dabei. Das Krankenhaus recherchiert und sucht nach Übereinstimmungen. Eventuell kann man jetzt schneller eine Diagnose stellen, auch bei Ihrem Vater.« Julia räusperte sich kurz.

»In dem Fall ist es zwar für die anderen Patienten nicht schön, auch für Ihre Mutter tut es mir sehr leid, aber jetzt besteht wenigstens die Hoffnung, den Auslöser zu finden und vor allen Dingen zu behandeln. Danke für Ihren Anruf.«

»Wenn es etwas Neues gibt, dann melde ich mich wieder bei Ihnen.«

Weitere Patienten mit den gleichen Symptomen?

Julia nahm sich ein Glas Rotwein und setzte sich mit dem Laptop auf dem Schoß in den alten Schaukelstuhl, der vor dem Dachfenster auf sie wartete. Dieses gemütliche Möbelstück schrie förmlich nach einem neuen Anstrich. Er passte so gar nicht in die sonst modern eingerichtete Wohnung, durfte aber keinesfalls verändert werden. Julias

Vater hatte den Stuhl schon oft abschleifen und streichen wollen, doch sie hatte immer gewusst, dies zu verhindern. Diese altertümliche Sitzgelegenheit hatte eine Geschichte zu erzählen, denn sie war schon lange in Familienbesitz. So wie der Stuhl war, war er gut. Julia recherchierte, las einen medizinischen Fachartikel nach dem anderen und speicherte Daten ab. Nach einigen Stunden konnte sie kaum noch die Augen offenhalten und ging ins Bett.

Durch den Dreiklang in Folge wurde Julia aus ihren Träumen gerissen, stand auf und ging gähnend an die Haustür.

»Guten Morgen, Julia, ich bin´s, Felix. Heute m-m-mach ich dich mal wach. Das Interview mit Frau S-S-S-Schweiger-Lennardt wurde vorverlegt, s-s-s-schwing die Hufe und komm runter«, tönte es aus der Gegensprechanlage.

»Ich hab noch nicht geduscht, komm du hoch«, raunzte Julia im Halbschlaf.

»Dafür ist keine Zeit, ich warte hier.«

Na klasse. Das erste große Interview, und ich kann mich nicht angemessen stylen. Julia rannte ins Schlafzimmer und zog einige Kleidungsstücke aus dem Schrank, ging ins Bad, putzte sich in Windeseile die Zähne und klatsche ein paar Hände voll Wasser ins Gesicht. *So wie ich heute aussehe, nimmt mir keiner meine 27 Jahre ab.* Anziehen, Haargummi, Pferdeschwanz, Wimperntusche, fertig. Und wieder musste sie in die verhassten hochhackigen Schuhe schlüpfen, aber wenn sie schon den ersten wichtigen Termin ihrer Reporterkarriere mit der amtierenden Gesundheitsministerin hatte – ungeduscht – dann musste wenigstens ihr Äußeres etwas hermachen. Zum Schluss schnappte sie sich die schicke Ledertasche, die sie nach ihrem Studium von ihrem Vater geschenkt bekommen hatte. Kurz bevor sie die Wohnung verließ, wagte sie noch einen kurzen Blick in den Garderobenspiegel und beschloss, dass sie mit ihren 1,75 Meter einfach nur zu klein für die Pölsterchen rund um ihre Hüften war.

»Hey Baby, Kostüm, kurzer Rock und hochhackige S-S-Schuhe. Jetzt wird's aber doch m-m-mal Zeit, dass du m-m-mit mir ausgehst«, frotzelte Felix, der in einem saloppen Outfit dastand. Seine braunen Locken versteckte er unter dem Base-Cap, die er sich so früh am Morgen tief ins Gesicht gezogen hatte.

»Bin ich ja gar nicht gewohnt von dir, dass du so früh aufstehst. Hattest du gestern keinen Auftritt mit deiner Band?«, fragte Julia auf dem Weg zum Auto.

»Nein, ich m-m-musste noch einige Fotos bearbeiten und in der Redaktion abgeben«, erwiderte Felix und zwinkerte ihr mit seinen braunen Augen zu. Julia wusste, dass er politisch grün angehaucht war und selbst kein Auto besaß, so waren sie gezwungen, ihren alten Golf zu nehmen. Nach dem fünften Versuch und gutem Zureden sprang der Wagen an. Auf der Fahrt zum verabredeten Treffpunkt mit Frau Schweiger-Lennardt erzählte Julia Felix von ihren Sorgen um ihren Vater. Er hörte geduldig zu.

»Wenn du m-m-meine Hilfe brauchst, du kannst auf m-m-mich zählen.« Julia lächelte und knuffte Felix freundschaftlich in die Seite. Der Eindruck, den sie bisher von ihm hatte, schien sich zu bestätigen. Ein Typ zum

Pferdestehlen. *Ich finde, sein Stottern ist schon weniger geworden - oder ist das nur bei mir so?*

Die Gesundheitsministerin, eine attraktive Frau Ende Vierzig, betrat den Raum. Ihre braunen, schulterlangen Haare mit der schwungvoll nach außen gedrehten Föhnwelle wippten bei jedem Schritt nach. Die Politikerin setzte sich Julia gegenüber in den breiten Sessel und sackte in das weiche Leder ein. Eine freundlich lächelnde Assistentin brachte Kaffee und Kekse, die sie auf einem Tablett balancierte. Das Servierbrett stellte sie mit den vollen Tassen vor Julia auf das kleine antike Tischchen. *Perfekte Vorbereitung ist die halbe Miete.* Julia zog die Ausarbeitung der Interviewfragen aus der Tasche und legte sie auf den Tisch. Der Versuch, Milch in ihren Kaffee zu schütten, scheiterte kläglich. Die Tasse kippte um, und die Kaffee-Milch-Mischung landete auf dem Fragebogen. *Na klasse, so kann dich keiner ernst nehmen.* Frau Schweiger-Lennardt verzog keine Miene, räusperte sich kurz, nahm ihre Tasse, spreizte den kleinen Finger ab und trank in gesellschaftlich einwandfreier Etikette einen Schluck Kaffee. Felix grinste Julia hinter seiner Kamera an und fotografierte weiter. Der Fragebogen war durch die unvorhergesehene Dusche unbrauchbar und Julia suchte verzweifelt nach den abgespeicherten Informationen in ihrem Gehirn.

»Entschuldigung«, sagte Julia, während sie die Flüssigkeit mit mehreren Tempotaschentüchern aufsog. *Jetzt nur nichts anmerken lassen. Sie muss nicht erfahren, dass dies nach dem Gespräch mit dem Vorsitzenden des Kleintierzuchtvereins das erste große Interview in meiner Karriere ist.*

»Kein Problem, das kann jedem passieren«, beschwichtigte die Gesundheitsministerin und lehnte sich grinsend zurück in ihren Sessel. Julia wurde warm und sie merkte, wie sich eine leichte Röte in ihrem Gesicht breitmachte.

»Gibt es Persönlichkeiten, von denen Sie sich leiten lassen?«, war die erste noch schüchterne Frage von Julia. Die Ministerin antwortete gekonnt diplomatisch und Julia wurde von Fragestellung zu Fragestellung souveräner. Sie konnte sogar einige private, bisher unbekannte Details von Frau Schweiger-Lennardt in Erfahrung bringen. Julia beugte sich nach vorne zu dem Tisch und kontrollierte für die letzte Frage vorsichtshalber das Aufnahmegerät.

»Sie stellen sich dieses Jahr als Kanzlerkandidatin Ihrer Partei für die kommenden Wahlen. Mit welchen Themen möchten Sie bei den Wählern punkten?« Die Antwort der Ministerin kam prompt:

»Wie Sie sich denken können, lege ich einen Hauptaugenmerk auf die Gesundheitspolitik. Hier muss sich einiges ändern. Ob es nun die Pflege unserer älteren Mitbürger betrifft, die Grundprinzipien der gesetzlichen Krankenversicherungen oder die Gewährleistung der gesundheitlichen Versorgung. Ein ganz wichtiges Thema ist hier die Krankenhauspolitik. Ich halte guten Kontakt zu verschiedenen Klinikleitern und bekomme so Informationen direkt von der Basis.«

»Vielen Dank für Ihre Zeit, Frau Ministerin.«

»Gern geschehen. Die Pressestelle steht dem Berliner Anzeiger jederzeit für weitere Fragen zur Verfügung.«

Auf dem Weg in die Redaktion machte Julia noch vor dem Elisabethen-Krankenhaus halt. Felix wartete im Auto. Auf der Kardiologie angekommen, klopfte sie an die Tür des Arztzimmers. Nachdem der Chefarzt den stabilen Zustand ihres Vaters bestätigt hatte, lehnte er sich in seinem breiten Bürostuhl zurück und nahm einen großen Schluck aus seiner Teetasse. Seine Körperhaltung und der Gesichtsausdruck verrieten eine gewisse Übermüdung.

»Was ist mit den sechs anderen Patienten, die mit identischen Symptomen eingeliefert wurden? Konnten Sie schon einen Zusammenhang feststellen?« Durch die angespannte Zornesfalte zogen sich Dr. Pupescus Brauen so zusammen, dass über seinen Augen nur noch ein dicker, brauner Balken zu sehen war.

»Woher wissen Sie das?«

Julia stockte. »Eine Verwandte von einer Bekannten ist eingeliefert worden«, war die schnellste Antwort, die ihr einfiel.

»Darüber darf ich Ihnen keine Auskunft erteilen, ärztliche Schweigepflicht, das verstehen Sie doch. Nur so viel, wenn es etwas Neues gibt, was Ihren Vater betrifft, bekommen Sie Bescheid. Jetzt muss ich zur Visite, tut mir leid.« Julia verabschiedete sich und lief kopfschüttelnd auf den Gang.

Oberschwester Kati trat aus der Tür eines Patientenzimmers und schob einen Medikamentenwagen zur Seite.

»Ich bringe Ihnen morgen wieder ein Rätsel mit, versprochen, Frau Gruber. Diesmal wird es aber komplizierter.« Kati Schröder wandte sich zu Julia:

»Frau Hoven, warten Sie mal einen Moment, bitte.« Sie ließ die Türklinke los und kontrollierte ihren streng nach hinten gebundenen Zopf.

»Wir müssen uns dringend unterhalten, aber nicht hier«, flüsterte Kati, den Blick auf den langen Gang gerichtet.

»Ich habe gleich Mittagspause, können wir uns im Café Rosamunde treffen?« Nachdem ein Arzt ihren Weg gekreuzt hatte, nickte Julia der Oberschwester zu. Sie verabschiedete sich und lief in Gedanken vertieft den Flur hinunter, bog um die Ecke und stieß wieder mit einem Mann zusammen.

»Alle guten Dinge sind drei.«

Sie sah in seine Augen und konnte sich ihre aufkommende Nervosität nicht erklären.

»Entschuldigung, ich Schussel, schon wieder Sie. Warum drei? Wir sehen uns doch erst zum zweiten Mal?«

»Ich sah Sie gestern auf Ihrem Balkon. Wir sind wohl Nachbarn.« Durch sein breites Lächeln kamen die Grübchen auf seinen Wangen zum Vorschein.

Julia bemerkte erst jetzt, dass er einen Arztkittel trug. Auf dem kleinen Schild, das in Brusthöhe angeheftet war, stand: »Dr. Robert Bach, Oberarzt Orthopädie«.

»Entschuldigen Sie mich, aber ich habe es eilig.«

»Ja, Sie sind immer sehr flott unterwegs. Passen sie auf sich auf, nicht dass Sie noch vor lauter Eile auf meiner Station landen.« Dr. Bach zwinkerte ihr freundlich zu und verabschiedete sich.

Julia setzte Felix an der Redaktion ab und fuhr ins Café Rosamunde, wo Kati Schröder bereits auf sie wartete.

»Sie waren doch beim Chefarzt Dr. Pupescu, was hat er gesagt?«, fragte Kati und rührte in ihrem Latte-macchiato-Glas.

»Nichts. Er war erstaunt darüber, dass ich von den anderen Patienten wusste, aber keine Sorge, ich habe unser Telefonat nicht erwähnt und die Information auf eine Bekannte geschoben. Er hat sich auf die ärztlichen Schweigepflicht berufen«, erwiderte Julia.

»Ich habe gute Kontakte zu anderen Krankenhäusern. Dort sind auch einige Fälle bekannt.« Katis Stimme hatte sich im Vergleich zu der ersten Begegnung verändert, sie klang nervös, zittrig und etwas verwirrt. Julia fiel die tiefe Denkfalte in dem sonst makellosen Gesicht auf.

»Die Krankenakten werden unter Verschluss gehalten, selbst ich als Oberschwester komme momentan nicht an die Daten meiner eigenen Patienten. Sie sind doch Journalistin ...«

»Sie haben recht, da ist etwas faul. Ein unbekannter Virus? Medikamente, die noch nicht zugelassen wurden? Ärztliche Schweigepflicht hin oder her, ich wollte ja keine detaillierte Diagnose der einzelnen Patienten vom Chefarzt. Allerdings trete auch ich auf der Stelle. Wir brauchen Einblick in die Akten. Besteht die Möglichkeit, dass Sie doch an einige Daten kommen?« Die zierliche Krankenschwester zögerte einen Moment.

»Das wird nicht einfach. Ich überlege mir etwas, schließlich geht es ja auch um meine Mutter.«

Kapitel 3

Julia hustete krampfhaft und schlug abrupt die Augen auf.

»Ich musste Sie aus der Hypnose holen, Frau Hoven, es ist sehr anstrengend für Sie.«

Julia setzte sich auf und spürte wieder die Schmerzen, die ihren kompletten Körper in Beschlag nahmen. Dr. Seifert stand auf und holte eine Kanne aus der kleinen Küche.

»Hier, Pfefferminztee, der wird Ihnen gut tun.« Julia bedankte sich und trank den heißen Aufguss in kleinen Schlucken. Der Herbst hatte Einzug gehalten und der Wind peitschte den Regen an die Bürofenster. Julia blickte nach Antworten suchend an die Scheiben, auf der die Tropfen herunterliefen und auf dem blechernen Sims einen gleichbleibenden Klang verursachten. *Wenn ich mich nur erinnern könnte. Jemand ist in Gefahr, aber wer und warum?*

»Wir müssen weitermachen, Frau Dr. Seifert, bitte.«

»Ja, aber wie ich schon zu Beginn unserer Sitzung erwähnte, müssen wir weiter zurück. Eineinhalb Jahre. Wenn wir dieses Trauma nicht mit einbeziehen, kann es eine weitere Störung in Ihrem expliziten Gedächtnis verursachen. Das können wir auch ohne erneute Hypnose.«

»Wenn es nicht anders geht«, erwiderte Julia leise, trank ihren Tee aus und legte sich wieder aufs Sofa.

***

Es war eine kalte, neblige Novembernacht Julia und ihre Eltern waren auf der Rückfahrt von Stuttgart nach Freiburg.

»Auch eine ältere Braut kann wunderschön sein. Elvira hat klasse ausgesehen in ihrem bordeauxroten Kleid. Nur schade, dass sie jetzt so weit weg wohnt«, sagte Julias Mutter Martina.

»So weit ist die Strecke nun auch wieder nicht, die 200 Kilometer sind doch ein Klacks«, raunzte Karl und schaltete das Radio ein. Der Nebel wurde immer dichter und ballte sich in Schwaden über der Autobahn. Kaum ein Fahrzeug war zu dieser Stunde unterwegs. Der Radiosprecher verabschiedete die Zwei-Uhr-Nachrichten. Julia machte es sich auf der Rückbank bequem und steckte sich, da sie keine Lust auf Klassik hatte, die Kopfhörer ihres MP3-Players in die Ohren. Martina kramte ein Pfefferminzbonbon aus ihrer Tasche und reichte es ihr nach hinten. Sie blinzelte Julia zu, die beiden verstanden sich auch ohne Worte. Klassik war auch nicht Martinas Musikgeschmack, aber sie sagte immer: »In einer Beziehung musst du Kompromisse eingehen und ab und an deine eigenen Interessen zurückstellen.«

Karlsruhe hatten sie bereits hinter sich gelassen. Die milchige Suppe wurde dichter. Auf dem Display konnten sie verfolgen, wie die Temperatur draußen von Minute zu Minute fiel. In der Ferne tauchten die Lichter einer Warnblinkanlage eines Pkws auf dem Seitenstreifen auf.

»Karl, halt an, du kannst den Leuten bestimmt helfen«, schlug Martina vor. Der leichte Nieselregen verwandelte die Fahrbahn in Sekundenschnelle in eine Rutschbahn. Vater Karl passte seinen Fahrstil den Gegebenheiten an, fuhr auf den Seitenstreifen und stellte sein Fahrzeug hinter dem liegen gebliebenen Wagen ab.

»Ihr bleibt im Auto, ich schau mal, ob ich helfen kann«, entschied Karl mit rauer Stimme, stieg aus und ging an den Kofferraum, um sich die Warnweste überzuziehen. Der Fahrer des Pannenfahrzeugs vor ihnen hatte die Motorhaube geöffnet, hinter der Karl verschwand. Martina rutschte auf ihrem Sitz hin und her und wischte immer wieder die beschlagene Windschutzscheibe ab.

»Er hat die Taschenlampe vergessen«, fiel ihr dann ein. Sie suchte im Handschuhfach und sagte zu Julia gewandt:

»Du bleibst hier, ich bin gleich wieder da.« Noch bevor Julia antworten konnte, hatte Martina die Beifahrertür geöffnet, stieg aus, drehte sich noch mal zu ihr um und ging dann am Auto vorbei zu Karl hinüber.

Julia überkam ein seltsames Gefühl, das sie nicht erklären konnte. Die Beunruhigung steigerte sich, mit jeder Sekunde, die verging. Es lag eine gespenstische Ruhe in der Luft. Jetzt hielt es sie auch nicht mehr auf der Rückbank, und sie schnallte sich ab. Genau in diesem Augenblick donnerte ein weiteres Fahrzeug in das Heck des Wagens ihrer Eltern. Die Wucht des Aufpralls presste sie in den Sitz und katapultierte ihren Kopf nach hinten gegen die Stützen der Rückbank. Mit einem gewaltigen Ruck schlug Julias Körper in der nächsten Sekunde nach vorne und ihr Kopf knallte auf die Nackenstütze des

Beifahrersitzes. Schlagartig wurde ihr Brustkorb zusammengequetscht, sodass sie keine Luft mehr bekam. Diese enormen Kräfte, die jetzt auf sie einwirkten, schnürten den Oberkörper ab und ihr wurde schwarz vor Augen. Blut lief über ihre Stirn, rann am Hals entlang und tropfte auf ihre Jacke. Als sie nach einigen Sekunden wieder zu sich kam, hatte sie nur einen Gedanken: *meine Eltern.*

Aussteigen – sie musste aus diesem Wagen raus. Trotz seiner stabilen Karosserie war der BMW so verschoben, dass Julia die hinteren Türen nicht öffnen konnte. Bauchkrämpfe setzten ein. Julia ließ von der Tür ab, hielt ihren Unterleib und krümmte sich vor Schmerzen. Der Blick durch die Windschutzscheibe verriet, dass ihr Fahrzeug direkt in das Pannenfahrzeug, einen alten Ford, gekracht war. Sie musste raus, denn es bestand durchaus die Möglichkeit, dass bei dieser Witterung weitere Verkehrsteilnehmer dem letzten folgten.

Julia musste auf den Vordersitz klettern, doch die Anstrengung beschleunigte den Blutfluss. Es lief in ihre Augen, die sie zukneifen musste. *Ein Taschentuch, ich muss etwas finden, um es auf die Wunde zu drücken.* Fast blind konnte sie sich nur auf ihren Tastsinn verlassen. So kletterte sie mit großer Mühe auf den vorderen Sitz und suchte in der Handtasche ihrer Mutter nach einer Packung Taschentücher. *Mama?* Der Kopf schmerzte und dröhnte, er fühlte sich an, als wäre er nur noch mittels eines kleinen Zipfels am Rumpf festgetackert. Julia stemmte sich mit aller Kraft gegen die Tür. Nach mehreren Versuchen, Zerren und Rütteln, gab das verbeulte Schloss seinen Widerstand auf.

»Julia? Julia?«

Die Stimme ihres Vaters. Ihr fiel ein Stein vom Herzen. Sie stieg aus dem Wagen. Während sich Julia an den Überresten des verbeulten Ford entlang nach vorne drückte, konnte sie nichts mehr denken, ihr Gehirn war ein schwarzes, leeres Vakuum. Vom Anblick ihres Vaters geschockt, wurden ihre Synapsen wieder aktiviert. Sie ließ sich neben Karl auf die Knie fallen, dessen Beine eingequetscht unter dem Auto lagen, und streichelte verzweifelt über seine Wange. Ihre Bauchkrämpfe verschlimmerten sich, sie kamen in Intervallen, immer und immer wieder.

»Deine Beine - ich versuche, dich rauszuziehen.« Julia griff unter seine Achseln und zog mit aller Kraft.

»Das schaffst du nicht … Wo ist Mama?… Wo sind die anderen Beteiligten? Ruf 112.« Julia stand auf und bemerkte, dass die Blutlache auf dem Asphalt von ihr stammen musste und nicht von ihrem Vater. Ihr drehte sich der Kopf, sie spürte einen stechenden Schmerz, der über ihre Halswirbelsäule mit pressluftartigem Gehämmer in ihrer Schädeldecke eindrang. Ihr wurde übel, doch kurz bevor sie sich übergeben musste, hörte sie wieder:

»Wo ist Mama? Ruf den Notarzt!«

Karls Stimme war vollkommen klar. Wie in einem Karussell gefangen, wollten Julias Gedanken nicht anhalten. Sie konnte nichts tun, stand wie angewurzelt da und sah ihren Vater Hilfe suchend an. Während Karl beruhigend auf Julia einredete, konnte sie langsam wieder einen klaren Gedanken fassen. *Wo ist Mama, wo sind die anderen, Polizei! Notarzt! – Ja.*

Sie rappelte sich auf und bemerkte auf dem Weg zurück zum dunkelblauen BMW die Wrackteile, die an der Unfallstelle überall verstreut lagen. Sie suchte das Handy und wählte den Notruf. Während des Telefonates schweifte ihr Blick über die Straße, auf der ein lebloser Körper lag. *Mama?* Durch die schlechte Beleuchtung konnte sie nicht genau erkennen, um wen es sich handelte. Was sollte sie tun? Auf die Straße rennen und riskieren, von dem nächsten Fahrzeug erfasst zu werden, oder die Person liegen lassen? Es konnte ihre Mutter sein – sie konnte noch leben. *Wenn der nächste Wagen kommt, könnte er einfach über den Körper fahren.* Das Blut rann weiter von Julias Stirn und – woher auch immer – an ihren Beinen herab, aber es war ihr egal. Sie musste reagieren, handeln, für alle anderen da sein, denen es schlechter ging als ihr.

Julia sah nach links, ob ein weiteres Fahrzeug auf der Autobahn ihren Weg kreuzen würde – nichts. Sichtweite unter zwanzig Meter. Konnte sie die leblose Person, die vielleicht ihre Mutter war, schnell genug in Sicherheit bringen, bevor Julia selbst möglicherweise überrollt wurde? Es half nichts, sie musste einen Versuch starten – helfen. *Wann treffen die Rettungsfahrzeuge ein? Reiß dich zusammen, Julia!* Wieder sah sie nach links – nichts, keine Lichter. Sie rannte los, bis zur Mitte der zweispurigen Fahrbahn. Ein Mann lag auf den Bauch gedreht vor ihr. Während sie sich nach unten beugte, kontrollierte sie wieder, ob sich ein Fahrzeug näherte. *Lebt er noch?* Sie versuchte, den bleiernen Leib zu drehen, es war keine Zeit, um festzustellen, ob er noch atmete, sie musste handeln, egal wie. Wieder sah sie sich um – nichts. Sie packte den Verunglückten unter den Armen und versuchte, ihn in Richtung Standstreifen zu ziehen. Er wog mindestens achtzig Kilo, was für einen Mann seiner Größe nichts Außergewöhnliches war. Nur jetzt, genau in diesem Moment und ohne seine Mithilfe war er zu schwer für Julia. Wieder der fragende Blick über die Schulter nach entgegenkommenden Scheinwerfern – nichts.

»Hallo, hallo, aufwachen, hören Sie.« Julia beugte sich zu dem Unbekannten und tätschelte seine Wangen. Er bewegte sich nicht. *Ich muss es schaffen, muss den Kerl von der Straße weg bekommen.* Wieder beugte sie sich nach vorne, griff unter seine Arme und zog. Der prüfende Blick nach links. Scheinwerfer. Lichter. Panik!

»Aufwachen, Hilfe, los, werd wach«, schrie Julia. Im letzten Moment bewegte er seine Beine und stieß sich von der Straße ab. Mit aller Kraft zog sie den schweren Körper auf den Seitenstreifen und fiel hin. Das Licht rauschte an ihnen vorbei und der knatternde Auspuff dröhnte in Julias Ohren. Der Mann, der jetzt mit seinem Oberkörper Julias Leib halb bedeckte, drehte sich um und sah sie mit verwirrtem Blick an, bevor er wieder das Bewusstsein verlor.

Auf ihr Zeitgefühl konnte sich Julia nicht mehr verlassen. Es konnten zehn Minuten, aber auch gut eine halbe

Stunde vergangen sein, seitdem sie die Rettungskräfte verständigt hatte. Obwohl sie sich aus der Schockstarre befreit hatte, konnte sie nicht klar denken. Wie auch, wenn sich der Schmerz ihrer Kopfverletzung immer tiefer in ihr Hirn bohrte und das Blut nicht zu stillen war? *Wo bleibt der Krankenwagen?* Die kolikartigen Krämpfe, die ihren Unterbauch in Beschlag nahmen, zwangen sie immer wieder dazu, sich zu krümmen. Als die Intensität der Qualen nachließ, ging Julia zu dem Wagen, der in ihren BMW hineingefahren war. Sie stand vor dem weißen Lieferwagen mit der Aufschrift »Hausmeisterdienst – Wir machen alles, schnell und sauber« und öffnete die Beifahrertür. Der Oberkörper einer weibliche Person war blutüberströmt und übersät mit unzähligen kleinen Scherben. Ihr Kopf lag abgewandt von Julia über dem Lenkrad. Julia sah nach unten, zu den Beinen, die zwischen Sitz und Lenkrad eingeklemmt und um 90 Grad gedreht waren. Als sie über den Tritt neben dem Beifahrersitz einstieg, provozierte sie eine erneute Schmerzwelle im Unterleib. Julia musste einige Sekunden bäuchlings über dem Sitz verharren und sah in dieser Position, dass sich ein Metallstab durch den Motorblock in das rechte Bein der Frau gebohrt hatte. Kalte und heiße Schauer durchzogen Julias Körper, sie war geschockt.

Behutsam nahm Julia den Kopf in ihre zitternden Hände und drehte das Gesicht in ihre Richtung. Vor Schreck ließ sie ihn sofort wieder fallen, stolperte nach hinten, fiel von der Stufe und knallte mit dem Rücken an die Leitplanke. Ihr Herz hatte seinen immer wieder kehrenden Rhythmus aufgegeben und sich einen eigenen, unregelmäßigen Takt gesucht. Da wo sich normalerweise das rechte Auge der Fahrerin befinden sollte, war jetzt nur ein tiefes blutendes Loch. Kein Zweifel, die Frau war tot.

»Julia?«
Wieder quetschte sie sich zwischen der Fahrbahnbegrenzung und den Wrackteilen nach vorne zu ihrem Vater.

»Hast du die Polizei verständigt? Hast du Mama gefunden?«
Julia sah ihn verstört an.

»Die Rettungskräfte sind unterwegs.«

»Und wo ist Martina?«, röchelte Karl, dem es sichtlich schwerer fiel, das Gewicht des auf ihm lastenden Wagens noch lange auszuhalten.

»Ich suche noch, Daddy.«
Die Autobahn war wie ausgestorben, kein anderes Fahrzeug, keine Scheinwerfer, keine Rettungskräfte und kein Mensch, der Julia zu Hilfe kam. Julia konnte kaum noch etwas erkennen. Die klamme, kalte Feuchtigkeit des Nieselregens kroch in die Kleidung und krallte sich wie eine unsichtbare Kraft in ihrem ausgelaugten Körper fest. Die Schwere, die sich in ihren Gliedmaßen breitmachte, zwang sie dazu, sich einen Moment lang an den Kotflügel des Ford zu lehnen. Der Geruch von Benzin, Öl und Blut lag über der Unfallstelle. Kurz bevor Julia dem Drang ihres Unterbewusstseins nachgab und in die Dunkelheit glitt, schüttelte sie den Kopf. Durch den damit verbundenen Schmerz verdrängte sie die aufkommende Ohnmacht. Es waren keine weiteren Personen

auszumachen, nicht in den zusammengeprallten Fahrzeugen, auf der Straße oder neben den Autos.

Mit großer Mühe kletterte sie über die Leitplanke, blieb mit einem Fuß hängen, stolperte, fiel hin und rollte den abschüssigen Hang hinunter. Gras. Scheinwerfer. Nass. Nichts. Julia öffnete erst wieder ihre Augen, als der Ort des Geschehens hell beleuchtet war. Die Sirenen der Rettungsfahrzeuge bohrten sich in ihren Gehörgang und ließen ihren Kopf vor Schmerz fast zerbersten.

»Hallo, Sie da, ich komme gleich runter und helfe ihnen, warten Sie.«

Endlich Hilfe. Auf der Wiese verteilt lagen einige Trümmer der ineinander geprallten Fahrzeuge. Unter Ausnutzung ihrer letzten Kraftreserven stolperte Julia zu einem Gebüsch, in dem ein regungsloser Körper lag. Sie musste die Augen zusammenkneifen, als ihr einer der Rettungskräfte, der mit Taschenlampe und Erste-Hilfe-Koffer bewaffnet über die Fahrbahnbegrenzung kletterte, mitten ins Gesicht leuchtete.

Ein Kotflügel bedeckte Martina, dennoch konnte man sie an dem schicken Kleid erkennen, das sie für die Hochzeit ihrer besten Freundin angezogen hatte. Der leblose Rumpf lag auf dem Bauch, die Beine standen seitlich ab, und durch eine große klaffende Wunde trat der gesplitterte Oberschenkelknochen hervor. Julia befreite Martina von dem Fahrzeugteil und drehte sie behutsam auf den Rücken.

»Lassen Sie mich das machen, gehen Sie zur Seite, ich bin Notarzt.« Sie stieß den Arm des Helfers zur Seite und sah in das Gesicht ihrer Mutter. Ein Stück der Schädeldecke war abgerissen. Julia gab der Schwere, die langsam ihre Beine nach oben kroch, nach. Die Geräusche wurden leiser und entfernten sich. Die Bilder verschwammen, und ihr Bewusstsein detonierte in einem schwarzen Nichts.

***

Julia wischte ihre Tränen weg.

»Nehmen Sie noch die Psychopharmaka, die ich Ihnen verschrieben hatte?«, fragte Frau Dr. Seifert. Julia starrte die Psychologin wie gebannt an. Sie musste die erneute Konfrontation mit ihrem Trauma verarbeiten.

»Ja … oder ... wie war die Frage noch mal?« Julia biss sich auf die Unterlippe.

»Nehmen Sie noch die Medikamente, die ich Ihnen verschrieben hatte?«

»Ich weiß es nicht genau.« Julia senkte den Kopf, Tränen kullerten über ihre Wangen und tropfen auf die Wolldecke.

»Sie haben Menschen gerettet, Ihre Mutter bei diesem Unfall verloren, Ihr Vater musste sich einer schweren Operation unterziehen und vor allen Dingen …«, die Psychiaterin stockte kurz in ihrer Zusammenfassung.

»Sie haben ihr ungeborenes Kind verloren.«

»Wir müssen die Sitzung fortsetzen, ich denke, dass ich jetzt einen Anhaltspunkt habe.«

Julia wischte sich mit ihrem Ärmel die Tränen aus dem Gesicht. Dr. Seifert nickte und murmelte etwas Undeutliches vor sich hin.

Kapitel 4

»In der heutigen Redaktionssitzung möchte ich euch auf den neuen Wettbewerb hinweisen. Wer in sechs Wochen die heißeste Story abliefert, bekommt seine eigene Serie auf Seite zwei«, trug der glatzköpfige Chefredakteur Dr. Lehmann vor, nahm einen großen Schluck aus seiner Teetasse und lehnte seinen rundlichen Körper in den quietschenden Sitzungsstuhl zurück. Bettina, die am anderen Ende des langen Konferenztisches saß, neigte den Kopf und warf Julia über ihre zu tief sitzende Brille einen triumphierenden Blick zu.

»Da müssen dann mal wieder die Profis ran.« Bettina strich sich ihre roten Haare aus dem Gesicht, beugte sich zur Freude aller männlichen Teilnehmer über den Tisch und nahm sich ein Mineralwasser. Ihre Oberteile waren generell sehr tief ausgeschnitten und ermöglichten jedem einen freien Blick auf ihre mit einem Push-up hochgeschobenen Apfelsinenbrüste. Sie rückte ihre Mappe zurecht und räusperte sich.

»Ich habe natürlich das richtige Thema, wenn ich das mal kurz erläutern dürfte ...«

Dr. Lehmann fiel ihr ins Wort:

»Frau Berger, behalten Sie das Thema für sich und liefern Sie mir in sechs Wochen ein fertiges Konzept ab. Danke, das war´s für heute.« Die Rothaarige hielt inne, packte ihre Sachen zusammen, stand auf und zog sich ihren viel zu kurzen Rock über den Po nach unten. Auf dem Gang stieß Felix Julia an.

»Diese aufgetakelte Bettina m-m-muss s-s-sich immer in den Vordergrund drängen. Aber der zeigen wir es. Das wäre doch die ideale S-S-Story. Wir forschen über diese mysteriöse Krankheit deines Vaters und der anderen Patienten nach, dann haben wir zwei Fliegen m-m-mit einer Klappe geschlagen.« Im gleichen Moment schubste Bettina Julia von hinten zur Seite und raunzte im Vorbeigehen:

»Ihr glaubt doch nicht, dass ihr eine Chance gegen mich habt, ihr Anfänger.« Bettina war ein halbes Jahr länger beim Berliner Anzeiger als Julia und hatte ganz klar zum Ausdruck gebracht, dass ihr das Interview mit der Gesundheitsministerin zugestanden hätte und nicht Julia.

»Käffchen?« Ohne seine Antwort abzuwarten, schob Julia die Pflanze, die als Sichtschutz diente, zur Seite und stellte Felix die große, dampfende Tasse auf den Schreibtisch.

»Danke, wenn ich dich nicht hätte.«

»Dann würdest du jeden Morgen verschlafen und hättest keinen Job mehr. Zumindest keinen als Fotograf beim Berliner Anzeiger«, flachste sie. Felix grinste, und dabei kamen seine strahlend weißen Zähnen zum Vorschein.

»Wie geht es deinem Vater?«

»Stabil, sagen die Ärzte. Sie suchen nach Übereinstimmungen, vergleichen Medikamente und führen verschiedene Untersuchungen durch.«

Es ging wie jeden Tag sehr hektisch zu in der Redaktion. Felix und Julia saßen an zwei gegenübergestellten Schreibtischen im Großraumbüro.

»Der erste Ansatz für unsere Recherchen heißt Oberschwester Kati«, berichtete Julia und rümpfe die Nase bei dem Geruchsgemisch aus kaltem Kaffee, Papier, Parfüm und Schweiß.

»Es ist sehr heiß heute, wir s-s-sollten doch einigen Kollegen ein Deo schenken«, kommentierte Felix sein Naserümpfen. Als Julia zum nächsten Satz ansetzten wollte, telefonierte ein Kollege am Nachbarschreibtisch so laut, dass auch der Letzte im Raum verstehen musste, welche Schule den Schreibwettbewerb gewonnen hatte und wann die Eröffnungsfeier des neuen Nobelhotels stattfinden sollte. Das Klingeln ihres eigenen Telefons hörte Julia über dem Lärm kaum.

Nach dem Telefonat, bei dem Felix akribisch jegliche Mimikveränderung bei Julia beobachtet hatte, rutschte er aufgeregt auf seinem Stuhl hin und her.

»Nun spann m-m-mich nicht so auf die Folter, was hat sie gesagt? Hat sie Infos für uns oder ging es um deinen Vater?« Julia nahm ihren Stuhl, trug ihn um den Schreibtisch herum und setzte sich neben Felix.

»Kati hat einen Weg gefunden, an die Infos zu kommen, aber sie benötigt Hilfe. Also eher gesagt, jemanden der Schmiere steht.«

»Klar, da bin ich dabei«, grinste Felix wie ein kleiner Junge vor der Bescherung.

»Da muss ich dich enttäuschen, es reicht, wenn ich alleine zum verabredeten Treffpunkt fahre.«

»Und wer macht Fotos? Dann nimm wenigstens dein S-S-Smartphone mit, ich werde die Bilder dann bearbeiten.«

***

Pünktlich um 23:00 Uhr stand Julia wie verabredet am Hintereingang des Elisabethen-Krankenhauses und wartete auf Schwester Kati. Der schmale unbeleuchtete Weg, der zur Hintertür führte, ging leicht bergab und machte am Ende eine Biegung. So konnte Julia nicht erkennen, wenn sich jemand dem Eingang nähern würde, und stellte sich vorsichtshalber hinter einen Pfeiler, der als Stütze für den darüber liegenden, großen Balkon diente. Nach einer Viertelstunde zog Julia ihr Handy aus der Tasche und kontrollierte die eingehenden Anrufe. Eine Nachricht von Kati war nicht dabei. Plötzlich ging das Licht hinter der verglasten Tür an und Julia huschte ein Stück weiter um den Pfosten herum.

»Julia? Sind Sie da?«

Erfreut darüber, die Stimme der Oberschwester zu hören, gab sie sich zu erkennen und folgte Kati leisen Schrittes durch das Krankenhaus zum Chefarztzimmer.

»Ich habe den Schlüssel organisiert. Ich darf nur nicht vergessen, ihn wieder in seinem Arztkittel zu deponieren. Sie warten hier vor der Tür und melden sich, wenn jemand kommt. Meine Kollegin hat Pause und wir sind die einzigen Schwestern auf dieser Station, die Nachtdienst haben, aber ich muss mich beeilen«, flüsterte Kati, schloss die Tür auf und huschte in den Raum.

Julia war nervös, kratzte sich am Kopf, zupfte am Pferdeschwanz, und nachdem sie einige Schritte auf und ab gegangen war, lehnte sie sich an die Wand vor dem Chefarztzimmer. Wie ruhig es doch zu dieser späten Stunde in einem Krankenhausflur war und wie düster. Bestimmt hatten sie die Notbeleuchtung ab einer gewissen Uhrzeit eingeschaltet, damit die Patienten nicht von dem grellen Neonlicht, das unter der Tür der Patientenzimmer durchscheinen würde, aufgeweckt wurden.

Die Zeit verging, doch von Schwester Kati war nichts zu hören. Julia hielt ihr Ohr an die Tür, konnte aber kein Geräusch ausmachen. Die Neugierde siegte und sie beugte sich zum Schlüsselloch nach unten, um einen Blick zu erhaschen.

Plötzlich spürte sie einen Schlag gegen ihre Waden. Sie fuhr hoch, ihr Herz und ihre Atmung stockten für einen Moment. Sie wollte schreien, Schwester Kati warnen. Das war ihr Job und sie hatte ihn aus purer Neugierde vermasselt – dachte sie.

»Hallo, wer bist du denn?«, fragte ein kleiner Junge, der im Rollstuhl saß und Julia neugierig anstarrte. Sie rang immer noch nach Luft und konnte gar nicht so schnell antworten, wie sie mit der nächsten Frage bombardiert wurde.

»Hab ich dir wehgetan? Entschuldigung, aber ich kann noch nicht so gut bremsen mit dem Ding. Ich hab so Durst. Bist du auch Krankenschwester?« Nachdem sich Julia gefangen hatte, beugte sie sich zu dem Jungen.

»Ist ja nichts passiert, ich hab dich nicht gehört. Wo stehen denn die Getränke, dann hol ich dir etwas.« Der Kleine sah sie glücklich an und rollte voraus.

»Julia?... Frau Hoven, wo sind Sie denn?«, hörte Julia das zischende Flüstern und ging, nachdem sie den kleinen Mann an seinem Zimmer verabschiedet hatte, zu Schwester Kati zurück.

»Ich komme nicht an die Daten im PC, der ist mit Passwort geschützt, ich habe alles versucht. Sein Geburtsdatum und die Daten seiner Familie, nichts.«

Julia sah sie enttäuscht an und zuckte mit den Schultern.

»Aber Sie haben es wenigstens versucht. Dann müssen wir eben einen anderen Weg finden.« Kati grinste und zog eine Pappmappe hinter ihrem Rücken hervor.

»Die war versteckt, hier steht einiges drin, aber ich muss die Akte wieder zurückbringen.« Jetzt grinste auch Julia und zog ihr Smartphone aus der Tasche. Die Oberschwester öffnete den Umschlag, und Julia knipste die hauptsächlich handschriftlichen Aufzeichnungen.

Abrupt wurde das grelle Neonlicht angeschaltet. Kati fiel vor Schreck die Akte aus der Hand. Die losen Blätter verteilten sich auf dem glatten Fußboden. Sie rutschten immer weiter von der Zimmertür weg, in die Mitte des Ganges. Julia hörte ein quietschendes Geräusch, wie es Gummisohlen auf einem gebohnerten Linoleumboden verursachen. So schnell sie konnten, sammelten sie die Papierbögen wieder ein. Die Schritte kamen näher, jeden Augenblick musste der Unbekannte vor ihnen stehen. Die Oberschwester riss blitzschnell die Nebentür auf, sprang hindurch und zog Julia am Arm hinterher. Die Schritte hielten direkt vor der Putzkammer, in die sie Kati gezogen hatte. Julia hielt die Luft an. Die Klinke bewegte sich langsam nach unten. Geistesgegenwärtig drückte Kati Julia das Aktenchaos in die Hand, schubste Julia hinter die Tür und riss diese hastig auf. Nach einem kurzen Schreckmoment sagte Kati:

»Guten Abend Herr Jordan, kann ich Ihnen behilflich sein?« Der junge, blonde Assistenzarzt wurde blass um die Nase.

»Ich wollte nur…, haben Sie mich erschreckt… ich konnte keine Schwester finden und Frau Gruber in Zimmer 276 hat sich übergeben… also ich wollte selbst...«

»Kein Problem, ich kümmere mich darum«, erwiderte Kati. Das Zittern in Julias Händen übertrug sich auf die Mappe, ein Blatt löste sich aus dem Stapel, fiel herunter und rutsche unter dem Türspalt hindurch direkt vor die Füße des Arztes.

»Wo kommt das jetzt her?« Der Mediziner bückte sich und hob den Zettel auf.

Julia konnte hinter dem Spalt beobachten, wie Kati immer nervöser wurde, sie zupfte an ihrem Kittel und griff nach der Papierkante.

»Ich habe nur eine Akte abgelegt, als ich eine Vase holen wollte, da ist wohl…«

In dem Moment, als der Assistenzarzt den Bogen umdrehte, piepste es in seiner Tasche. Er reichte Kati das Blatt und wandte sich ab.

»Mein Pieper, ich muss zurückrufen. Sie kümmern sich um Frau Gruber, ja?«

Kati bestätigte und atmete tief durch. Julia hörte das Quietschen der Schritte, die sich wieder entfernten.

»Puhhh das war knapp.« Kati fasste sich an den Kopf.

»Ich bin alleinerziehende Mutter von drei Kindern, mein Exmann zahlt nicht. Wenn ich meinen Job verlieren würde, wäre das eine Katastrophe. So, jetzt muss ich die Akten wieder ordnen und zurücklegen, bevor wir doch noch erwischt werden.« Julias Atmung fuhr langsam wieder auf den normalen Rhythmus runter.

»Ich habe einiges fotografiert. Können wir uns morgen in der Redaktion treffen und die Bilder auswerten?« Die Oberschwester bestätigte, brachte Julia zurück zum Hintereingang und verabschiedete sich.

***

»Zersetzt?«, Julias Stimme war so laut, dass die Hälfte der Mitarbeiter in der Redaktion, gespannt auf weitere Informationen, innehielt. Schwester Kati sah sie erschrocken an und Felix nickte zustimmend.

»Als ich die Fotos vergrößert habe, musste ich natürlich alles durchlesen. Wir s-s-sollten in unseren Konferenzsaal gehen«, sagte Felix zu Julia gewandt, die sofort eine Schachtel Zigaretten aus der Handtasche zog und ihm mit Kati im Schlepptau folgte. Die Dachterrasse war ihr eigener kleiner Konferenzsaal, in dem Julia auch ihrem Laster frönen durfte. Sie setzte sich auf die Bank, zündete sich eine an und las weiter.

»Implantate – alle Patienten mit übereinstimmenden Symptomen hatten Hüftimplantate.«

»Das kann nicht sein, meine Mutter hat kein …«, Kati stockte. »... aber nach ihrer Krebsoperation hat man ihr Brustimplantate eingesetzt.« Sie schüttelte den Kopf und nahm dankend die Zigarette, die Julia ihr anbot.

»Zersetzt. Die Endoprothesen haben sich zersetzt, durch Metallabrieb?« Karl hatte erst seit dem Unfall vor eineinhalb Jahren eine Hüftprothese – nach eineinhalb Jahren, zersetzt? Julia machte einen tiefen Zug und fuhr mit zittriger Stimme fort:

»Vergiftung durch Abrieb der Kobalt-Chrom-Legierung. Bei allen Patienten ist das Implantat völlig zerstört.« Julia musste husten und Kati nutzte die kleine Pause.

»Das gibt es doch gar nicht. Heute werden höchste Ansprüche an die verwendeten Materialien gestellt, um die Haltbarkeit der künstlichen Gelenke zu erhöhen. Ein Hüftimplantat hat eine durchschnittliche Haltbarkeit von fünfzehn bis zwanzig Jahren. Zersetzt? Wie kann so etwas passieren?«

»Aber warum konnte keines der fünf besuchten Krankenhäuser dies feststellen?«, fragte Julia und zog aufgeregt an ihrem Glimmstängel.

»Das lässt sich nicht am normalen Blutbild ablesen. Ich helfe immer wieder auf der Orthopädie aus, daher weiß ich, dass diese Analyse deutschlandweit nur in drei Laboren durchgeführt wird – und das auch nur, wenn ein konkreter Verdacht auf eine Kobaltvergiftung besteht«, erklärte Kati. Julia standen die Tränen in den Augen, als sie die letzte Information der handschriftlichen Aufzeichnungen entziffert hatte.

»Das MRT der Patienten zeigt, dass im Gelenkkopf ein Loch klafft. Zersetzt«, sagte sie mit tränenerstickter Stimme.

»Im gesamten Unterleib befinden sich Splitter und feiner Metallstaub. Die einzige Lösung ist eine erneute

Operation, der Austausch der beschädigten Prothese.« *Mein Vater soll sich noch mal so einer schweren OP unterziehen, und das mit einem gerade überstandenen Herzinfarkt?* Felix setzte sich neben Julia auf die Bank und legte seinen Arm um sie.

»Die Notizen am unteren Rand waren s-s-schlecht zu entziffern. Aus dem Grund habe ich s-s-sie extra vergrößert und konnte auf jeder Seite die gleiche Firmenbezeichnung entdecken. Firma Prothes, hier in Berlin.«

»Prothes?«, rief Kati aufgeregt, »das ist einer der größten Hersteller für Implantate, die liefern weltweit!«

»Wenn wir so eine Prothese auftreiben, dann könnten wir sie von einem unabhängigen Institut untersuchen lassen«, folgerte Julia.

»Und das Brustimplantat meiner Mutter? Das stammt nicht von dieser Firma.« Kati sah auf ihre Uhr.

»Meine Schicht beginnt, ich muss ins Krankenhaus. Wir telefonieren.«

Kapitel 5

Der Zeiger der Uhr sprang auf zwei. Julia musste sich dazu zwingen, die Augen offen zu halten.

»Worauf hab ich m-m-mich da nur eingelassen. Noch m-m-mal drei Nächte auf Beobachtungsposten halte ich nicht durch, dann schlafe ich im S-S-Stehen ein.« Felix hob die Kamera auf und drehte sich vom Beifahrersitz aus zu Julia um. Er war ansonsten eher ein quirliger Typ, doch nun merkte man ihm die Müdigkeit an. Er gähnte und rieb sich mit beiden Händen die Augen. Die Regentropfen prasselten auf das Dach des alten Golfs. Ein LKW fuhr vorbei und spritze das Wasser einer Pfütze an die Seitenscheibe.

»Ich denke, wir haben lange genug beobachtet. Wir müssen jetzt da rein und vor allen Dingen ins Lager. Ha. Wir könnten aber auch Bettina als neue Mitarbeiterin einschleusen«, grinste Julia. Felix knuffte sie in die Seite und lachte.

»Gibt es auch Gehirnprothesen? Wäre ein interessanter Gedanke.«

Vorsichtshalber hatte Julia den Wagen zwei Straßen weiter geparkt. Die Türen des alten, klapprigen Gefährts leise zu schließen, war eine unlösbare Herausforderung. Es regnete Bindfäden und Julia zog sich die Kapuze ihrer Trainingsjacke über den Kopf. Sie rannten auf die andere

Straßenseite und an dem hohen Zaun vorbei, der das gesamte Gelände der Firma Prothes eingrenzte. Julia sah sich die Gitter des Sicherheits- Doppelstabzaunes an, der mindestens drei bis vier Meter hoch sein musste. Felix ging dicht an der Begrenzung entlang und blieb abrupt stehen, sodass Julia fast auf ihn auflief. Er sah auf seine Uhr.

»Gleich ist es soweit.« Die Strahler, die in gleichbleibenden Abständen an den Zaunpfosten angebracht waren, beleuchteten den kompletten Innenhof. Das Licht im Pförtnerhaus erlosch, ein Mann trat mit einer Thermoskanne unterm Arm aus der Tür, drehte sich um und ging zielstrebig über den Hof zu dem großen Gebäude. Das Bellen eines Hundes wurde leiser und verstummte kurz darauf hinter den Hallen.

»Jetzt«, zischte Felix, als der Pförtner aus ihrem Sichtfeld verschwunden war. Sie krochen unter der Schranke durch und rannten über den großen Parkplatz bis an die Hauswand. Langsam und den Blick auf den Innenhof gewandt, schritten sie die Hausmauer ab. *Wie verrückt ist das eigentlich, was wir hier veranstalten? Wir riskieren unsere Jobs und wegen Einbruchs verhaftet zu werden. Aber was bleibt uns anderes übrig, wenn sie die Presse nicht offiziell empfangen wollen?*

Sie blieben an der Ecke stehen, sahen hinüber zur Laderampe und warteten einen Moment.

»Wenn er pünktlich ist, müsste es gleich so weit sein«, flüsterte Felix. Kaum hatte er seinen Satz beendet, öffnete sich die Schranke. Ein LKW bog von der Straße aus in den Hof und fuhr in Richtung Rampe. Das Rolltor öffnete sich und das grelle Neonlicht, das aus der

Lagerhalle schien, ließen Julia und Felix zurückweichen. Ein Mitarbeiter trat heraus und wartete, bis der Lkw-Fahrer das Fahrzeug rückwärts an der Rampe abgestellt hatte. Der Lieferant stieg aus, ging zu dem Lagermitarbeiter und übergab ihm einige Papiere, die dieser sofort überprüfte.

»Wann?«, flüsterte Julia und zupfte aufgeregt von hinten an Felix' Jacke. Er drehte sich zu ihr um und hob seinen Zeigefinger an den Mund. Als der Mitarbeiter der Firma Prothes im Lager verschwand und der Lieferant die erste Ladung mit gestapelten Holzkisten auf einem Hubwagen ins Lager fuhr, gab Felix ein Zeichen und rannte los. Julia sauste hinterher, blieb an der obersten Stufe zum Rolltor hängen, fiel hin und krachte an die Mülltonne, die neben dem Tor stand. Die Tonne fiel um, der Deckel öffnete sich und ein Teil des Mülls verteilte sich auf dem Boden. *Scheiße.*

Julia sprang auf und lief zurück an die Ecke der Hauswand, die ihnen zuvor Schutz geboten hatte. *Mist - und jetzt? Felix ist drin, ich draußen, und wenn der Lieferant fertig ist, wird das Tor wieder geschlossen.* Der LKW-Fahrer kam aus dem Lager, blickte auf die Mülltonne und sah sich um.

»Was machst du denn für einen Krach und vor allen Dingen für eine Sauerei?«, fragte der Lagermitarbeiter, der jetzt hinter dem Fahrer zu sehen war.

»Das war ich nicht«, erklärte dieser. Plötzlich krachte es auf der anderen Seite des LKWs. Die zwei Männer sahen sich kurz an, gingen die Stufen hinunter und verschwanden auf der anderen Seite des Fahrzeuges. *Jetzt oder nie.* Julia rannte los, nahm gleich zwei Stufen auf einmal, hetzte ins Lager und suchte hinter einer großen

Kiste Schutz. Felix kroch hinter einem anderen Karton hervor und ging neben Julia in die Hocke.

»Ich hab ein Stück Rohr geworfen, das hier herumlag, um-m-m sie abzulenken. Hat ja geklappt«, flüsterte Felix ihr ins Ohr.

»Das wird noch zur Plage, diese Viecher, die nachts die Mülltonnen durchstöbern«, murmelte der Lagermitarbeiter, der die Halle wieder betreten hatte und ließ seine Kippe direkt neben dem Versteck der beiden auf den Boden fallen. Julia zuckte zusammen.

»Verflixt«, murmelte der Lagerist und trat nach mehreren Versuchen den Glimmstängel aus. Er verabschiedete den Lieferanten, schloss die Rampe und verschwand durch eine Tür aus dem Lager. Eng aneinander gelehnt kauerten Julia und Felix in ihrem Versteck, bis auch die Neonbeleuchtung in der Halle erloschen war. Durch die höher gelegenen, schmalen Fenster fiel etwas Licht aus dem Hof in die Halle.

Das Lager hatte die Größe eines Fußballfeldes. Auf den Regalen, die bis zur Decke reichten, waren Kisten und Kartons in unterschiedlichen Größen gestapelt. Julia musste die Nase rümpfen, denn der Geruch von Verpackungsmaterial und Müll war unangenehm.

»Und jetzt?«

»Warte, ich mache Licht«, erwiderte Felix und wischte sich die Schweißperlen von der Stirn. Er zog seine Taschenlampe aus der Jacke und schaltete sie auf kleinster Stufe an.

»Lass uns m-m-m-mal nachschauen, was der gerade geliefert hat.«

Felix ging zu den Holzkisten, die am Rande der Halle in der Nähe einer Tür standen. Er zückte sein Taschenmesser und machte sich an einer zu schaffen. Julia bemerkte die Kante eines Zettels, die seitlich heraushing, und zog ihn vorsichtig aus dem Behälter.

»Psst, Julia, s-s-s-schau m-m-mal.« Sie faltete das Stück Papier, schob es in ihre Jackentasche und sah zu Felix. Der war gerade dabei, kleinere Kartons aus der Kiste hervorzuziehen. Er schnibbelte die Umverpackung auf und durchschnitt das Klebeband. Julia wühlte in den Styroporkugeln und zerfetzte die Plastikfolien, bis sie einen festen Gegenstand in der Hand hielt.

»Leuchte mal da drauf.« Sie hob das unbekannte Teil hoch.

»Mmhh… keine Ahnung, aber ich m-m-mach ein Foto.«

Julia suchte weiter und legte Felix ein Fundstück nach dem anderen auf den Deckel einer geschlossenen Kiste. Er knipste und Julia überlegte.

»Sieht so aus, als wären das Einzelteile von Prothesen, die noch zusammengesetzt werden müssen.« *Einzelteile werden hierher geliefert? Ich dachte, hier ist die komplette Produktion?* Julia bückte sich nach der nächsten Kiste - und mit einem lauten Knall flog ihre Taschenlampe aus der Jackentasche, rollte ein Stück und donnerte an eine Tür. Sie sah erschrocken auf. Im nächsten Moment hörten sie einen Schlüssel, der in das Schloss gesteckt wurde. In Sekundenschnelle schaltete Felix seine Lampe aus. Die grelle Neonbeleuchtung wurde wieder angeschaltet und Julia zog Felix hinter einer geschlossenen Kiste in Deckung.

»Hallo …Was ist denn das?... Wer macht sich denn … Hallo?« Der Lagerist zog sein Walkie Talkie aus der Tasche.

»Einbrecher in der Lagerhalle. Hier wurden Kisten durchwühlt.« Ein Knacken war aus dem kleinen Lautsprecher zu hören.

»Verstanden - bin schon unterwegs.« Der Lagermitarbeiter kam ihrem Unterschlupf immer näher. Das Klacken der Schuhsolen verstummte kurz vor ihrem Versteck.

»Kommen Sie raus da!«

Felix sprang auf und stieß den Mann mit voller Wucht in einen hohen Stapel Kartons. Die Kistenkonstruktion stürzte in sich zusammen und begrub den Lagermitarbeiter unter sich. Im gleichen Augenblick hastete Julia zum Rolltor und betätigte den Schalter. Das Tor bewegte sich nach oben, Julia und Felix krochen unter der Öffnung nach draußen und sahen einen Wachmann auf sie zukommen, der etwas in sein Walkie Talkie brabbelte. *Mist, jetzt konnte ich keine Prothesenteile einpacken.* Sie rannten über den Hof, duckten sich unter der Schranke durch und spurteten los. Julia konnte sich nicht daran erinnern, wann sie das letzte Mal so schnell gerannt war. Das aufkommende Seitenstechen ignorierte sie, den immer näher kommenden Wachmann auch. Sie kannte nur noch ein Ziel und blendete alles aus. Das Auto war in Sichtweite und Julia hörte von Weitem:

»Prinz, fass!«

Mist, der dreht sonst nur jede volle Stunde seine Runden auf dem Gelände. Jetzt ist klar, wen der Wachmann zur Verstärkung gerufen hat. Sie zog den Autoschlüssel aus ihrer

Jackentasche und schloss den Golf auf. Mit einem Satz sprang sie auf den Fahrersitz und öffnete Felix die Beifahrertür. Genau in dem Augenblick, als Julia die Tür zuknallte und den Wagen von innen verriegelte, sprang der Hund zähnefletschend an das Seitenfenster. Julia zuckte zusammen und ließ den Schlüssel fallen.

»Herrgott noch mal, blöder Köter!« Der Verfolger hatte das Auto fast erreicht und schrie

»Stehen bleiben!" Na klar, was für ein blöder Spruch. Ist jemals ein Verfolgter stehen geblieben, nur weil ihn jemand dazu aufforderte?

Nachdem Julia den Schlüssel von der Fußmatte gefischt hatte, werkelte sie aufgeregt damit am Zündschloss.

»Nicht jetzt ... spring an!« Just in dem Moment, als der Wachmann den Griff der Autotür zu fassen bekam, reagierte die Zündung und Julia trat aufs Gas. Der Hund sprang zur Seite, und der uniformierte Mann wurde einige Meter vom Wagen mitgeschleift, bevor er auf die Straße purzelte. Der Blick in den Rückspiegel verriet ihr, dass er sich schnell wieder aufrappelte und zum Handy griff.

***

Bettina kam, wie immer mit einem Ausschnitt, der die Sicht fast bis zum Bauchnabel erlaubte, aus dem Büro von Dr. Lehmann.

»Na, ist das Dream-Team wieder unterwegs? Der Chef hat keine Zeit für euch.«

Felix schob Bettina zur Seite.

»Das kann er uns auch s-s-selbst s-s-s-sagen«, erwiderte er bestimmt.

»Die Psychotante und der Stotterer, was für ein Gespann, da passt das Thema Prothesen wie die Faust aufs Auge«, murrte Bettina und verschwand den Gang hinunter.

Der Chefredakteur hörte den Schilderungen des "Dream-Teams" geduldig zu.

»Ich will jetzt gar nicht so genau wissen, wie ihr an diese Informationen gelangen konntet, aber passt auf euch auf. Im medizinischen Bereich ist viel Geld zu machen, das ist ein heißes Eisen.« Er stockte einen Moment, räusperte sich und fuhr fort: »Aber eine gute Story ... «

»Hongkong«, sagte Felix, nachdem er die Fotos aus der Lagerhalle vergrößert hatte und sie die Adresse des Absenders auf den Kartons entziffern konnten.

»Deutsche Wertarbeit aus Asien?« Julia schüttelte den Kopf, nahm eine Schachtel Zigaretten aus ihrer Tasche und ging nach nebenan auf die Dachterrasse. Felix folgte ihr mit den Fotos in der Hand.

»Schau dir das mal an.« Julia zündete sich einen Glimmstängel an und deutete auf das Bild.

»Justinus GmbH ist eigentlich der Empfänger der Ware. Warum wird das dann zu Prothes geliefert?«

Felix wedelte mit den Prospekten der Firma Prothes.

»Die Justinus GmbH ist ein Tochterunternehmen von Prothes. Dr. Lehmann hat recht, hier geht es um Milliarden – weltweit, hier ...« Er zeigte auf das Kleingedruckte.

»Die stellen Brustimplantate und Stents her?«

»Ach«, sagte Julia erstaunt,

»jetzt passt auch das Brustimplantat von Katis Mutter ins Bild. Aber was sind Stents?«

»Eine Gefäßstütze, also ein Implantat, das in Hohlorgane eingesetzt wird, um diese offen zu halten. S-s-sie werden unter anderem in Blut- und Herzkranzgefäßen verwendet«, erklärte Felix.

Julia zog aus ihrer Hosentasche einen Zettel hervor:

»Das europäische CE-Prüfsiegel wurde von Echecon (einem polnischen Unternehmen) für die Implantate DE-H2-NikChro der Firma Prothes vergeben. Das steht auf dem Blatt, das ich aus einer der Kisten bei Prothes gezogen hatte.«

»CE-Prüfsiegel?« Felix zuckte mit der Schulter.

Kapitel 6

Als Julia zu weiteren Schlussfolgerungen ansetzen wollte, klingelte das Handy.

»Elisabethen-Krankenhaus guten Tag, Frau Hoven. Ihr Vater musste operiert werden. Es geht ihm den Umständen entsprechend gut.« Julia erschrak.

»Aber... warum hat man mich nicht vor der OP informiert?«

»Ich darf ihnen keine weiteren Auskünfte am Telefon erteilen, bitte wenden Sie sich an den behandelnden Arzt.«

»An Dr. Pupescu?«, fragte Julia, während sie die Zigaretten in ihre Handtasche packte.

»Nein, die orthopädische Abteilung ist jetzt zuständig. Oberarzt Dr. Robert Bach hat ihn operiert.« *Der blauäugige charmante Typ?*

Julia brachte Felix auf den neuesten Stand, verabschiedete sich und rannte durch das Treppenhaus zum Parkplatz der Zeitungsredaktion. Sie wusste nicht, ob die soeben erhaltene Nachricht der Auslöser für das Zittern in ihren Händen war, oder ob sie heute morgen vergessen hatte, ihre kleinen blauen Tabletten zu nehmen. *Was ist das nur für ein dreckiges Geschäft? Wieder werden hier nur aus Geldgier Menschenleben riskiert, oder geht es nicht nur um Geld? Ein geprüftes Implantat?* Ihr Gedankenkarussell hielt erst an, als sie an die Tür mit der Aufschrift »Dr. Robert Bach, Oberarzt Orthopädie« klopfte.

Die blauen Augen, die Julia schon beim ersten Treffen aufgefallen waren, starrten sie jetzt erstaunt an.

»Sie sind Julia Hoven, die Tochter?« Dr. Bach stand auf, trat hinter seinem Schreibtisch hervor und begrüßte Julia mit einem kräftigen Händedruck.

»Ja, wie geht es meinem Vater, warum musste er so schnell operiert werden?«

»Setzen Sie sich, Frau Hoven, dann erkläre ich Ihnen alles.« Dr. Bach wies auf den Stuhl, der vor seinem Schreibtisch stand.

»Natürlich bestand ein erhöhtes Risiko aufgrund des Herzinfarktes Ihres Vaters. Aber wir mussten sofort handeln, um Schlimmeres zu verhindern. Es geht um das Hüftimplantat oder auch Teilendoprothese genannt. Wir mussten es austauschen.«

»Und was war der Grund, nach eineinhalb Jahren?« Julia stand auf und ging einige Schritte auf und ab. Dr. Bach beobachtete sie, strich sich durch seine schwarzen Haare und blätterte in Karls Akte.

»Mittlerweile sind acht Patienten mit fast identischen Symptomen eingeliefert worden und die einzige Übereinstimmung war, das allen vor ein bis zwei Jahren ein Hüftimplantat eingesetzt wurde. Daraufhin haben wir eine spezielle Blutuntersuchung veranlasst und konnten somit einen bedenklichen Gehalt an Kobalt feststellen. Das MRT hat unseren Verdacht dann bestätigt. Der Hüftkopf, der bei Ihrem Vater und den anderen Patienten eingesetzt wurde, hat eine Kobalt-Chrom-Legierung, das ist ein gängiges Material und es gab noch nie Probleme. Doch dieses Implantat ist schadhaft und hat eine Vergiftung verursacht. Wir haben uns selbstverständlich sofort mit dem Hersteller in Verbindung gesetzt, er wird alle Prothesen dieser Gruppe zurückrufen.«

Julia setzte sich wieder hin und zupfte aufgeregt an ihrer Hose.

»Und jetzt? Was haben Sie bei der OP festgestellt?«

Dr. Bach schloss die Akte.

»Wir arbeiten seit Jahren mit dem gleichen Hersteller für Medizinprodukte, so wie viele andere Krankenhäuser auch. Es gab noch nie Probleme.«

»Das beantwortet aber nicht meine Frage«, brachte Julia lauter als beabsichtigt hervor.

»Das gesamte Ausmaß der Vergiftung zeigte sich erst während der OP. Durch den sich auflösenden Hüftkopf war der Oberschenkelknochen angefressen und bröckelte teilweise ab. Das schwarz verfärbte Gewebe war von Metallsplittern durchzogen, die sich im gesamten Unterleib verteilt hatten.«

Julia wollte nicht weinen, nicht vor diesem Arzt.

»Konnten Sie denn… alles entfernen?«

»Nein, das ist nicht möglich.« Sie spürte den aufkommenden Druck in ihren Augen und sah an die Decke. Sie zwang sich an etwas anderes zu denken, doch es gelang ihr nicht. *Das Gift kennt keine Grenzen und bahnt sich seinen Weg durch den Körper. Wenn es nicht erkannt wird, zerstört es alles. Wenn es in die Blutbahn gerät und an die Organe gelangt, setzt es sich fest. Es lässt nicht mehr los, bis – ja, bis es sein Ziel erreicht hat. Zersetzt.*

Julia wurde übel.

Dr. Bach stand auf und lehnte sich neben Julias Stuhl an die Rückseite des Schreibtisches. In seinem männlich attraktiven Gesicht fiel ihr eine Narbe über dem rechten Auge auf. Sie musste schon alt sein, denn sie konnte nur einen weißen, dünnen Streifen in dem sonst gebräunten Teint erkennen.

»Durch die erneute OP konnten wir die Problematik nicht komplett beheben, nur lindern. Wir werden alle Möglichkeiten, die uns zur Verfügung stehen, in Betracht ziehen und ausschöpfen, damit die Genesung der Patienten positiv verlaufen wird.«

»Was heißt das genau? Wird er nun wieder ganz gesund oder weiterhin unter Schmerzen leiden?«

»Die Patienten werden wahrscheinlich ihr Leben lang damit zu kämpfen haben und bleibende Schäden in Kauf nehmen müssen. Wir tun aber unser Bestes, um die Schmerzen zu lindern. Wenn Ihr Vater sich in einigen Tagen von der Operation erholt hat, werden wir ihn in eine Rehaklinik überweisen.« Julia stand auf und streifte dabei den Arm von Dr. Bach.

»Wenn wir uns unter anderen Umständen… also, ich weiß das ist jetzt ein sehr unpassender Zeitpunkt. Aber ich würde Sie gern mal zum Essen einladen.«

Julia sah ihn kurz an, zuckte mit den Schultern, verabschiedete sich und eilte dann ins Krankenzimmer ihres Vaters.

***

»Prothes wird sich vor Regressansprüchen nicht m-m-mehr retten können. Deinem Vater geht es den Umständen entsprechend gut und unsere weiteren Recherchen haben auch noch einen Tag Zeit. Heute s-s-sollst du mal auf andere Gedanken kommen und gehst mit mir aus«, klang es noch in Julias Ohren, als sie sich nach einem feucht-fröhlichen Kneipenabend mit Felix auf den Heimweg machte. Der Golf ließ sich diesmal nicht dazu überreden zu starten, und Julia war auf öffentliche Verkehrsmittel angewiesen. In Anbetracht ihres derzeitigen Promillepegels war dies bestimmt die beste Alternative. Das nette Beisammensein hatte erst gegen fünf Uhr geendet. Um diese Uhrzeit waren kaum Mitfahrende in der S-Bahn. Julia lehnte ihren Kopf müde ans Fenster und sah die Lichter der Metropole an sich vorbeiziehen. Irgendwann, wenn sie mehr Zeit hatte, würde sie bestimmt diese tolle Stadt kennen lernen.

An der vorletzten Haltestelle war die Fahrt für sie zu Ende. Da es für einen Morgen im August schon sehr kühl geworden war, knöpfte sie die Jacke zu und stieg aus. Der Mond verabschiedete sich an diesem Morgen schneller, als die Sonne den neuen Tag begrüßen konnte. Am Straßenrand standen Laternen, deren Licht den Weg für einige Meter erhellten. Vereinzelte Blätter auf dem Weg kündigen durch ihre Färbung bereits den kommenden Herbst an. Julia musste einige hundert Meter zu Fuß bis zu ihrer Wohnung zurücklegen, sie beschloss allerdings, dass ihr die frische Luft wieder einen klareren Kopf bescheren würde, und schlenderte ihre Handtasche schwenkend den Fußgängerweg entlang.

Sie hörte Schritte hinter sich und zuckte zusammen, doch es konnte durchaus sein, dass ein Mitfahrender an der gleichen Haltestelle ausgestiegen war wie sie, sie hatte nicht darauf geachtet. In einem Gebüsch vernahm sie ein Rascheln und erschrak, doch auch hierfür gab es eine rationale Erklärung, denn um diese Uhrzeit waren einige kleine Jäger unterwegs, um sich ihr Frühstück für den Tag zu fangen. Früher war sie nicht so schreckhaft gewesen oder hatte auf jedes Geräusch gehorcht. Sie hoffte, dass sich dies durch ihre Psychotherapie irgendwann legen würde.
Die Schritte kamen näher. Jetzt wollte sie es genauer wissen, blieb stehen und drehte sich um, doch die Bäume am Straßenrand verdeckten einen Teil des Weges. Es war still, kein Geräusch mehr zu hören, nichts Ungewöhnliches zu entdecken. Nur noch ein paar Meter, bis Julia ihre Wohnung erreicht hatte. Sie kramte in ihrer Handtasche, nahm die Zigarettenschachtel heraus und zündete sich eine an.
Schritte. Deutlicher als zuvor war das Klacken von Schuhsohlen auf dem Asphalt zu vernehmen. Julia beschleunigte und setzte sich in Trab. Hektisch blickte sie über ihre Schulter. Entsetzt stellte sie fest, dass ein bäriger, schwarz gekleideter Mann, der seine Kapuze tief ins Gesicht gezogen hatte, zu einem Sprint ansetzte. Kurz vor der Haustür packte er Julia am Kragen und griff nach ihrer Handtasche. Julia schrie, so laut sie konnte, und trat dem Mann gegen das Schienbein. Mit voller Wucht schlug er ihr die ausgestreckten Faust ins Gesicht. Der Schlag hatte so viel Kraft, dass sie wegkippte und mit dem

Hinterkopf an der Hauswand aufschlug. Ehe sie einen klaren Gedanken fassen konnte, wurde ihr schwarz vor Augen, und sie brach zusammen.

Eine Lampe. Ein bekannter Geruch. Vor den grellen Lichtschein schob sich ein Gesicht.

»Hallo, Frau Hoven, geht es wieder?« Julia sah in die Augen von Dr. Robert Bach.

»Ich war wie jeden Morgen joggen und habe Ihre Schreie gehört. Sie sind im Elisabethen-Krankenhaus, haben eine Gehirnerschütterung und eine Platzwunde am Hinterkopf, die wir mit einigen Stichen nähen mussten. Die Polizei wartet auf dem Flur, um Sie zu befragen.« Julia war verwirrt. Sie konnte sich an nichts erinnern. Dr. Bach schien auch ohne Antwort zu verstehen.

»Schlafen Sie sich erst mal aus, Sie brauchen Ruhe. Ich schicke die Polizei wieder weg.«

Julias Gedanken hatten den Schleudergang einer Waschmaschine erreicht, ihr Kopf dröhnte und drohte zu platzen. Sie gab der Schwere ihrer Lider nach.

***

Julia ließ einen großen Schluck des edlen Rotweins ihre Kehle hinabgleiten, räusperte sich und sank wieder zurück in die bequemen Sofakissen.

»Danke, das habe ich außer meiner Psychologin noch keinem Menschen so ausführlich erzählen können.« Robert war ein geduldiger Zuhörer, das bewies er schon bei seinen täglichen Krankenbesuchen. Er war charmant und einfühlsam, brachte Julia Blumen und süße

Leckereien mit. Schon nach kurzer Zeit spürte sie eine gewisse Verbundenheit. Sie fühlte sich wohl in seiner Gegenwart, und die längst vergessene Flamme des Verliebtseins loderte wieder auf. Und jetzt, nachdem Julia endlich seiner Einladung gefolgt war, saß sie nach einem feudalen Abendessen, das er selbst für sie zubereitet hatte, in seinem Wohnzimmer. Robert erhob sich aus seinem Sessel, setzte sich neben Julia auf die Couch und legte seinen Arm um ihre Schulter.

»Du hast schon einiges mitgemacht. Jetzt stehst du wieder unter Stress mit deinen Recherchen. Dann der Überfall und die daraus resultierende Gehirnerschütterung, die noch nicht ausgeheilt ist. Du brauchst dringend Ruhe, und die verordne ich dir jetzt«, zwinkerte er ihr zu. Robert nahm die Weinflasche und berührte Julias Hand, als er die Gläser nachschenkte. Nervös griff sie nach dem Rotweinglas. Er sah tief in ihre schimmernden Augen. Einige Sekunden verharrten sie schweigend. Julia hatte das Gefühl, dass sein Blick hinabstieg und ihre Seele berührte. Robert rutschte ein kleines Stück näher, streichelte über ihren Arm, strich die lange Haarsträhne zur Seite und ertastete ihren Nacken. Sie stellte das Glas auf den Wohnzimmertisch und genoss seine zärtlichen Berührungen. Als er sich langsam ihrem Hals näherte und sie seinen heißen Atem spüren konnte, kroch der Duft von Moschus, Tabak und Zedernholz, die die Basisnote seines Parfüms ausmachten, in ihre Nase. Er küsste jeden Millimeter ihrer Haut auf seinem Weg vom Hals bis zu den Ohrläppchen. Als sich die kleinen, feinen Härchen an ihren Wangen begegneten, war nur ein Hauch von Berührung zu spüren. Julia kostete den

Moment aus, in dem sich ihre Lippen trafen. Nach einem langen hingebungsvollen Kuss nahm er ihre Hand und führte Julia ins Schlafzimmer. Sie legten sich auf das große Bett. Die Küsse wurden leidenschaftlicher und sie spürte seine Hände, die jeden Partikel ihrer Hautoberfläche erforschten. Sie blendete alles aus, ließ sich fallen und gab sich ihren immer mächtiger werdenden Gefühle hin.

Robert, ein Mann wie aus dem Bilderbuch. Durchtrainierter, gebräunter Körper mit einem Hauch von Sixpack. Breite Schultern, die zum Anlehnen wie geschaffen sind. Hände sanft wie Seide. Von Beruf Arzt – der ideale Schwiegersohn. Das imaginäre Teufelchen auf Julias Schulter flüsterte unentwegt »Es gibt keine perfekten Menschen, schon gar keinen perfekten Mann. Da ist ein Haken, du siehst ihn nur noch nicht.« Doch der Gegenspieler auf der anderen Schulter machte sich auch bemerkbar: »So ein Quatsch, sei froh und genieße es!«
Julias Gedanken nach dem Aufwachen wurden von einer realen Stimme unterbrochen:

»Guten Morgen, mein Schatz, hast du gut geschlafen?«
Sie räkelte sich und strahlte Robert entgegen.

»Guten Morgen, ich habe schon lange nicht mehr so gut geschlafen.«
Robert öffnete den großen sechstürigen Kleiderschrank und zog ein blaues Shirt heraus.

»Ich mache uns mal ein schönes Frühstück.« Nach einem langen Kuss verschwand Robert in der Küche.

Die Villa war mit den modernsten, italienischen Designermöbeln eingerichtet. Bilder von bekannten Malern aus der Künstlerszene Berlins. Skulpturen, bei denen man auch nach mehrmaligem Hinsehen nicht herausfinden konnte, was der Künstler damit aussagen wollte. Ein durchgestyltes Ambiente, hier war alles ordentlich und sauber. Kein Staubkorn zu finden. Die Hemden wie mit einem Lineal abgemessen zusammengefaltet und nach Farben sortiert im Kleiderschrank. Die Lebensmittel in den Küchenschränken wie im bestsortierten Feinkostgeschäft zur Präsentation gestapelt. *Dieser Putzfrau würde ich sofort meinen Haustürschlüssel überlassen.*

Mit einem schwarzen Negligé bekleidet, das mehr zeigte als verhüllte, nahm Julia am Frühstückstisch Platz. Robert zog eine Augenbraue nach oben.

»Hallo, Engel.«

Während sie nach einem Croissant griff, gab ihr Robert ein Kuss auf die Wange.

»Hör mal, mein Schatz, es ist Sonntag und ich habe heute frei, was nicht so oft vorkommt, wollen wir etwas gemeinsam unternehmen?«

»Ich weiß nicht, es ist so viel Arbeit liegen geblieben.«

Robert stand auf, ging zum Kaffeevollautomat und drückte auf die Taste für Cappuccino.

»Wir könnten schwimmen gehen, die letzten schönen Tage im August noch ausnutzen, was meinst du?«

Julia kämpfte gerade mit dem Honig, der sich nicht davon abbringen lassen wollte, ihren Hauch von Nichts zu küssen.

»Ich habe eigentlich keine Zeit und sollte in die Redaktion, auch wenn es Sonntag ist.« Sie trank einen Schluck von dem Orangensaft, den Robert frisch gepresst hatte.

»Du bist noch krank geschrieben. Ich verstehe dich ja, aber gönne dir wenigstens noch den heutigen Tag Ruhe.« Dabei sah er Julia mit einem schmachtenden Blick an, sodass sie nicht mehr anders konnte als einzuwilligen.

Sie fuhren an den Groß-Glienicker-See, der im Ortsteil Kladow im Südwesten der Bundeshauptstadt lag. Über einen kleinen Weg in Höhe der Seepromenade spazierten sie mit einem Picknickkorb und einer Decke im Gepäck ans Nordufer. Das Wasser war klar, an einigen Stellen konnte man sogar bis auf den Grund blicken. Sie zogen sich aus und rannten ins kühle Nass. Albern wie kleine Kinder bespritzten sie sich, bis Robert direkt vor ihr stand und sie in seine Arme schloss. Julia hielt sich an seinem Nacken fest, hob die Beine hoch und umschloss seine Hüften. Sie küssten sich. Ein nicht enden wollender, inniger Kuss. Robert tauchte mit Julia unter Wasser.

Eng aneinandergelehnt lagen sie nach dem Tauchgang in einer versteckten Badebucht und liebkosten sich. Robert fütterte Julia mit Erdbeeren, Trauben und anderen Leckereien.

»Ich bewundere dein Engagement, aber meinst du nicht, dass du dich zu sehr in die Sache hineinsteigerst? Ich habe schon einige hundert Hüft-, Knie- und Schulterprothesen eingesetzt, auch von der Firma

Prothes. Bis jetzt war immer alles okay. Die schadhaften Prothesen wurden zurückgerufen, reicht das nicht?«

Julia griff nach einigen Delikatessen und ließ sie ihm in den Mund gleiten.

»Ich denke, da steckt noch mehr dahinter.«

Robert streichelte sanft über Julias Rücken.

»Ich dachte mir, dass du dich nicht damit zufriedengibst. Wenn ich mit Informationen helfen kann, sag Bescheid.« Robert setzte sich auf und suchte nach dem Mineralwasser im Picknickkorb.

»Ja, da habe ich noch eine Frage: Gibt es keine zentrale Prüfstelle in Deutschland für Implantate, wie das BfA - Bundesinstitut für Arzneimittel?« Sie sah Robert fragend an, der das Wasser gefunden hatte und gerade im Begriff war einzuschenken.

»Nein, für Implantate reicht das CE-Kennzeichen aus.« Er legte sich wieder zu Julia, die ihren Arm um seinen Hals schlang und seinen Kopf ganz nah an ihren zog.

»Lass uns den schönen Tag genießen.«

Kapitel 7

»Wie kommt man nur an so tolle Beziehungen?«

Felix grinste Julia schelmisch vom Beifahrersitz aus an.

»Vitamin B ist alles. Ich habe m-m-mit Max zusammen Grafikdesign s-s-s-studiert, und da er zuvor in einer Firma für Medizinprodukte gearbeitet hat, war das die ideale Kombination, um-m-m-m diesen Prospekt zu erstellen.«

»Der Prospekt sieht wirklich professionell aus«, lobte Julia. Felix lehnte sich im Beifahrersitz zurück, sein Enthusiasmus sprühte förmlich aus seinen Augen. Mit der Adresse der polnischen Prüfstelle im Gepäck hatten sie die Grenze bereits passiert.

Auf dem Parkplatz eines großen Komplexes in einem Industriegebiet stellten sie den Golf ab. Felix hatte sich heute mit seiner Kleiderauswahl ins Zeug gelegt. Ein dunkelblauer Anzug, weißes Hemd und Krawatte, selbst das Base-Cap hatte er abgelegt und seine langen Naturlocken mit etwas Gel zurückgekämmt. Julia musterte ihn von oben bis unten und zwinkerte ihn verschmitzt an.

»Hättest du nicht gedacht, was?«, lachte Felix.

»Nein, das hätte ich nicht gedacht, dass dir dein Konfirmationsanzug noch passt«, konterte Julia und musste laut mitlachen.

»Contenance«, raunzte Felix und stieg aus dem Wagen.

Vor dem Gebäude stand ein überdimensional großes Schild, von dem man erfahren konnte, dass dieser Komplex sechs verschiedene Unternehmen beherbergte. Die doppelte Glastür war verschlossen. Felix drückte auf den Klingelknopf neben dem glänzenden Firmenschild, auf dem mit schwarzen Buchstaben "Echecon" stand.
Die Doppeltür öffnete sich und Julia war überrascht von dem großzügigen Entrée, das sie so von außen nicht vermutet hätte. An einer großen verglasten Theke saß hinter einem Schreibtisch ein junger Mann in einer schwarzen Uniform. Neben dem Herrn waren zwei weitere, düster wirkende Männer postiert. Auf dem spiegelnden Marmorboden hallte das Klacken von Julias Absätzen nach. Felix konnte ein paar Brocken Polnisch und stiefelte schnurstracks auf die Rezeption zu.

Fünf Minuten später saßen sie in der oberen Etage in einem kleinen Eckbüro und warteten auf den zuständigen Mitarbeiter.

»Ich hoffe, der versteht auch Deutsch oder Englisch. Wie sollen wir denn sonst unsere auf Hochglanzpapier gedruckte Prothese erklären?«, flüsterte Julia, nachdem sie auf einem der beiden Stühle Platz genommen hatte, die vor einem mit Akten überfüllten Schreibtisch standen. *Ich bin sehr gespannt, ob sie uns dieses Prüfzeichen für eine erfundene und sichtlich fehlerhafte Hüftprothese geben werden.*

»Ganz ruhig. Wir s-s-s-schaukeln das Ding s-s-schon.«

Die Tür öffnete sich, und es trat eine groß gewachsene, gut proportionierte Frau in einem dunkelgrauen Kostüm ein. Ihre aschblonden, kurzen Haare unterstützen den weißen, kalkartigen Hautton. Ohne ihre Mimik zu verändern, grüßte sie im Vorbeigehen auf Deutsch. Felix zeigte den Prospekt und erklärte gekonnt das Hüftimplantat. Auf dem Schreibtisch stand ein kleines Namensschild – Anna Pajak. Sie zog sich ihre Lesebrille auf, blätterte das Faltblatt durch und sagte dabei kein einziges Wort.

Julia hielt sich dezent im Hintergrund, sie konzentrierte sich auf ihren Oberschenkel, den sie mit ihrer Hand krampfhaft nach unten drückte, um das große Zittern zu verhindern. Es bildete sich ein feuchter Schimmer an ihren Händen, den sie immer wieder unbemerkt an ihrer Hose abzuwischen versuchte. Frau Pajak erklärte mit einem kurzen Blick über ihre Brille, dass sie für Deutschland und Österreich zuständig sei und sich nun mit ihrem Kollegen besprechen müsse. Dann stand sie auf, nahm den Prospekt und verließ das Büro.

»Felix…«, hauchte Julia, »wenn die jetzt ...«

»Pssst, s-s-sag nichts, pass lieber auf, dass keiner kommt.«

Felix stand auf und ging zum Schreibtisch. Er betrachtete kurz den Laptop und zog dann einen USB-Stick aus der Tasche, den er sogleich in den passenden Anschluss des Computers einsetzte.

»Felix, was machst du denn da, wenn die jetzt zurückkommt«

Er drückte seinen Zeigefinger auf den Mund und deutete Julia an, dass sie auf die Tür achten solle. Julias Hände waren mittlerweile so nass, dass das Abputzen an ihrer

Hose Schweißflecken hinterließ. Felix tippte auf die Tastatur und zog eine Datei nach der anderen auf den Stick.

»50 Prozent«, flüsterte Felix aufgeregt und starrte auf das Display.

Auf dem Flur waren Stimmen zu vernehmen.

»70 Prozent.«

Julia stand von ihrem Stuhl auf und ging in Richtung Tür, um das Schlimmste zu verhindern.

»80 Prozent.«

Schritte auf dem Gang näherten sich dem Büro.

»90 Prozent«, zischte Felix.

Julia wurde schlecht, krampfhaft hielt sie die Türklinke fest – ein Räuspern direkt vor der Tür. Sie konnten Frau Pajaks Stimme auf dem Flur hören, die sich mit einer Kollegin unterhielt.

»Fertig«, sagte Felix und sprang mit einem großen Schritt hinter dem Schreibtisch hervor. Bis zu diesem Zeitpunkt hatte Julia nicht gewusst, wie schnell sie sich unter Druck bewegen konnte, und hievte ihren Allerwertesten auf den zweiten Stuhl. Genau in dem Moment, als sie Platz genommen hatten, ging die Tür auf.

Wenn diese Aufregungen so weiter gehen, muss meine Psychiaterin die Dosis wieder erhöhen.

»Wir haben alles besprochen und werden das Prüfzeichen vergeben. Die Gebühr beträgt 30.000 Euro. Sobald das Geld auf eines unserer Geschäftskonten eingegangen ist, werden wir Ihnen das Schriftstück zuschicken.«

Im Eingangsbereich angekommen, fielen Julia die düsteren Blicke der schwarz gekleideten Wachposten auf.

»Mensch, Felix, du hast Mumm in den Knochen, ich hätte fast einen Herzkasper bekommen.« Felix sah sie mit einem Blick, der von oben nach unten wanderte, an.

»Na, s-s-sonst kommen wir doch nie an die richtigen Beweise ran. Einer muss ja in den s-s-sauren Apfel beißen.«

Ein langer Tag neigte sich dem Ende zu und sie beschlossen, in einem kleinen Hotel zu übernachten. Julia bezog eines der nebeneinander liegenden Einzelzimmer. Es war ein kleiner, altmodisch aber dennoch gemütlich eingerichteter Raum. Nachdem sie auf einer Hintertreppe, die auf den Parkplatz führte, ihre letzte Zigarette geraucht hatte, ging sie wieder auf ihr Zimmer. Trotz der Müdigkeit wirbelten ihre Gedanken durcheinander. *Ist es tatsächlich so einfach, Implantate, die in einen menschlichen Körper eingesetzt werden, für den Markt zuzulassen?*

Die lange Fahrt und der anstrengende Tag forderten ihren Tribut und Julia schlief, ohne sich zu entkleiden, auf dem viel zu weichen Bett ein.

Ein Klopfen. Sie öffnete die Augen und sah auf die Uhr, es war 0:30 Uhr, demnach hatte sie ihrem Körper nur wenige Stunden Ruhe gönnen dürfen. Das Klopfen an der Tür wurde lauter und energischer.

»Ja, ja, ich komme.« Langsam erhob sie sich aus den Federn, zupfte ihre Kleidung zurecht und fuhr mit beiden Händen durch die zerzausten Haare.

»Wer ist denn da?«, fragte sie. Jetzt wurde das Klopfen zu einem lauten Hämmern. Die Türklinke bewegte sich langsam nach unten. Julia schluckte zweimal und erinnerte sich an einen Gruselfilm, den sie vor einigen Wochen gesehen hatte. *Das Böse kommt immer nachts, und das Böse – wenn es denn durch Türen aufgehalten werden kann – drückt auch immer die Klinke ganz langsam nach unten – aber es klopft nicht.*

»Hallo, wer ist da, was wollen Sie?«

»Pssst, ich bin´s, Felix, mach mal auf.« Ihre Anspannung löste sich und sie öffnete ihm die Tür.

»Ich konnte nicht s-s-s-schlafen und sah vom Balkon aus einen großen dunklen Dacia. Die zwei komischen Wachposten s-s-sind ausgestiegen, die s-s-sahen nicht s-s-sehr freundlich aus. Lass uns verschwinden.« Julia konnte gerade noch ihre Tasche über die Schulter hängen und die Jacke schnappen, bevor Felix ihre Hand fasste und sie hinter sich herzog.

»Lass uns die Hintertreppe nehmen«, flüsterte Julia.

Vom Erdgeschoss drangen unterschiedliche Männerstimmen an ihr Ohr, die sich lautstark auf Polnisch unterhielten. Leise aber zügig huschten sie die Treppe hinunter zum Hintereingang, der im Souterrain lag und über einige Stufen wieder nach oben zum Parklatz führte. An der großen, schweren Eisentür angekommen, drückte Felix die Klinke nach unten. Sie war verschlossen. Jetzt konnten sie die Männerstimmen vom gegenüberliegenden Treppenhaus hören.

»M-m-m-mist, die geht nicht auf, was jetzt?«

Hinter einigem Gerümpel und gestapelten Kisten entdeckten sie ein kleines, höher gelegenes Kellerfenster. Julia betrachtete die Luke und entschied dann, sich selbst von der Verriegelung der Tür zu überzeugen, die sich aber auch diesmal nicht allein durch ihre Misere beeindrucken ließ. Felix schob eine schwere Kiste vor das Fenster, kletterte nach oben und machte sich am Griff zu schaffen. Nachdem die Stimmen kurzzeitig verstummt gewesen waren, hörten sie lautes Trampeln treppab.

»Auf, es ist auf, kom-m-m-m Julia, du zuerst, ich helfe dir.«

Julia stülpte den Riemen ihrer Handtasche schräg über Kopf und Schulter, reichte Felix ihre Jacke entgegen und beglückwünschte sich dazu, im Auto die Pumps gegen ihre ausgelatschten Turnschuhe getauscht zu haben.

Die Männer mussten wieder im Erdgeschoss angelangt sein, die Stimmen wurden lauter. Felix reichte Julia die Hand und zog sie auf die Kiste. Das Kellerfenster war durch ein Gitter gesichert, das sich über einem Lichtschacht befand. Mit einigen Verrenkungen kroch Julia durch die schmale Öffnung und versuchte kniend, das Gitter aufzustoßen.

»Geht es auf?«, fragte Felix leise.

»Nein, such mal nach einem Stock, einem Brecheisen oder so etwas.«

»Ja, warte …«, erwiderte Felix hektisch und verschwand aus Julias Sichtweite. Julia setzte sich auf den Boden, lehnte sich nach hinten und probierte, mit den Füßen das festgekeilte Hindernis zu heben. Sie stieß immer wieder dagegen, doch es bewegte sich nicht. Felix trat wieder vor die Luke:

»Nebenan lag ein Schraubenzieher, hier versuch es mit dem!« Er reichte ihn Julia entgegen.

»Beeil dich, die kom-m-men näher.«

Mit brachialer Gewalt stieß Julia das glänzende Teil mehrmals gegen den Rand des Gitters, bohrte und klopfte, bis es endlich seinen Widerstand aufgab.

Sie kletterten aus dem Lichtschacht, rannten über den Parkplatz und beteten, dass der Wagen diesmal anspringen würde, da sie die Stimmen der Verfolger bereits im Keller hinter sich vernehmen konnten. Das Stoßgebet wurde erhört, und die Zündung des klapprigen Golfs funkte bei der ersten Umdrehung des Schlüssels.

»Wenn wir weiterhin s-s-so gefährlich leben, s-s-solltest du über ein neues Auto nachdenken.« Julia war in diesem Moment viel zu aufgeregt und konnte sich kein Lächeln abringen.

Seit dem Unfall passte Julia die Geschwindigkeit und das Fahrverhalten den Vorschriften und Verkehrsbestimmungen an, doch jetzt drückte sie das Gaspedal nach unten. Ihr Fahrzeug war das einzige, das sich zu dieser späten Stunde auf der dunklen Landstraße befand. Einige Kilometer vor der Autobahnauffahrt konnte Julia entfernt Scheinwerfer im Rückspiegel erkennen.

»Die verfolgen uns.«

»Nu m-m-mal nicht gleich den Teufel an die Wand, da sind bestimmt noch andere Autos unterwegs.« Felix tätschelte zur Beruhigung Julias Hand, die sich krampfhaft am Steuerknüppel festhielt.

»Felix, die verfolgen uns, wer fährt denn sonst so schnell nachts über die Landstraße?«

Trotz der überhöhten Geschwindigkeit rückten die Lichtkegel im Rückspiegel weiter auf. Nur noch fünf Kilometer bis zur Autobahnauffahrt.

»Fahr s-s-schneller, Julia, du hast recht.« Sie hielt das Lenkrad mit beiden Händen fest umklammert. Durch den Adrenalinkick war ihre Müdigkeit verschwunden, dafür verspürte sie ein Krampfen in der Magengegend. Plötzlich tauchten die Bilder des Unfalls auf, ihr Bauch befahl ihr zu bremsen, doch der Kopf war stärker und ließ sie das Gaspedal bis zum Anschlag durchtreten. Felix, der ihre Angst bemerkte, legte seine Hand auf ihre Schulter.

»Ruhig, Julia, wir s-s-schaffen das.«

Der Abstand zu den Verfolgern hatte sich verringert, die Lichter waren bis auf etwa fünfzig Meter Entfernung heran gekommen. Das Schild am Straßenrand zeigte noch eine Strecke von zwei Kilometern bis zur Autobahn und der Grenze nach Deutschland. Die Landstraße wurde kurviger und Julia musste die Geschwindigkeit immer wieder drosseln. Die Beleuchtung der Grenze war in Sichtweite. Das Auto kam näher – ein Dacia. Der Innenraum des Golfs erhellte sich, und kurz bevor sie die Grenze erreicht hatten, gab es einen lauten Knall. Der schwarze Geländewagen mit Frontbügel prallte in das Heck von Julias Wagen. Durch einen kurzen, aber heftigen Ruck wurden ihre Körper gegen die Sicherheitsgurte gepresst.

Die Grenzen waren seit Jahren nicht mehr besetzt, dennoch standen dort einige Fahrzeuge des deutschen

Zolls. Julia konnte nicht mehr klar denken, sie reagierte nur noch. Sie zog das Lenkrad nach rechts auf die Standspur und trat mit aller Kraft auf die Bremse. Der Geländewagen fuhr einige Meter an ihnen vorbei. Julia gab wieder Gas und hoffte, dass ihr Golf trotz seiner Beschädigung noch bis auf die deutsche Seite durchhalten würde. Sie fuhren an dem schwarzen Wagen vorbei, dessen Fahrer, sichtlich irritiert von dieser Aktion, Julia mit einem dümmlich wirkenden Gesichtsausdruck für einen kleinen Moment direkt in die Augen sah. Durch die Grenzbeamten abgeschreckt, stoppten die Jäger ihr Fahrzeug, wendeten und fuhren wieder in die entgegengesetzte Richtung.

»S-s-s-sie haben aufgegeben Julia, du kannst wieder langsamer fahren.« Beim nächsten Rasthof stoppte Julia den Wagen und überredete ihre zittrigen Gliedmaßen dazu, langsam aus dem Auto zu steigen. Sie liefen kopfschüttelnd am verbeulten Heck entlang in Richtung Rasthofrestaurant.

Felix brachte zwei Cappuccini und verschüttete einen Teil davon, bis er an ihrem Tisch angelangt war.

»Wie blöd muss man eigentlich sein? Wenn man schon einen auf "Schimanski" macht, dann sollte man wenigstens nicht mit dem eigenen Auto unterwegs sein.« Die lange Haarsträhne, die durch die Schweißperlen an Julias Stirn haftete, strich sie sich wütend aus ihrem Sichtfeld. Felix rührte unbeholfen in dem noch übrig gebliebenen Cappuccino, nahm einen Löffel voll Milchschaum in den Mund und sah sie etwas hilflos an.

»Shit – s-s-stimmt. Das Nummernschild – Mist.«

»Mein Wagen ist bestimmt schon eine Berühmtheit in der Szene, denk mal an den Wachmann der Firma Prothes.«

Nach dem letzten Schluck der mittlerweile lauwarmen Flüssigkeit nahm Felix ihre Hand. »Also, pass auf. Du kannst nicht nach Hause, das ist schon mal klar. Wir fahren zu m-m-mir.«

Kapitel 8

Im dunklen Schein der Straßenlaterne konnte Julia ein altes, renovierungsbedürftiges Fabrikgebäude erkennen.

»Hör mal Felix, für heute reicht es mir mit dieser Geheimdienstnummer, ich dachte wir fahren zu dir?«

Felix grinste.

»Wir s-s-s-sind bei m-m-mir, hier wohne ich …« Er zeigte mit dem Finger auf das oberste Stockwerk. »Da.«

Ein alter Lastenaufzug, dessen Tür aus verrosteten Gitterstäben bestand, die man nur durch ruckartiges Schieben von unten nach oben öffnen konnte, brachte sie in die letzte Etage. Die Fahrt endete direkt in einem 200 Quadratmeter großen, offenen Raum – ein Loft. Kein Flur, keine Haustür.

»S-S-S-Schau dich nicht so genau um, ich hab nicht aufgeräumt«, murmelte Felix und warf seine Jacke auf einen alten Pferdesattel, der über einem kleinen Holzgestell festgezurrt am Eingangsbereich in der Ecke stand.

Durch die aufreibenden Erlebnisse in den letzten Stunden hatte Julia keine Zeit gehabt, über ihre körperliche Verfassung nachzudenken, doch jetzt spürte sie ein starkes Ziehen in der Halswirbelsäule. *Das muss vom Aufprall sein.* Sie neigte ihren Kopf nach links und nach rechts. Das dabei hervorgerufene deutlich hörbare Knacken trug allerdings nicht zur Linderung bei.

Als sie ihre Blicke im Raum schweifen ließ, bestätigte sich ihre Vermutung: Felix investierte genauso viel Zeit in den Hausputz wie sie – nämlich keine.

»Nach dem S-S-Stress ein Gläschen Rotwein, ja?«, rief Felix von der kleinen Küchenzeile aus. Julia stimmte zu, machte den nächsten Schritt, um ihm zu folgen, und stolperte über das dreibeinige Gestell einer Staffelei. Ihr Blick fiel auf die große Pappe, die mit vergrößerten Fotos der Gesundheitsministerin vollgepinnt war.

»Wie machst du das nur? Auf deinen Bildern sehen alle viel strahlender aus als in Natura.«

Er hantierte mit einem Flaschenöffner, indem er die Rotweinflasche zwischen den Beinen hielt, den Öffner in den Korken drehte und dann entnervt ein kleines abgebrochenes Stück herauszog.

»Blödes Ding, ja ich bin eben begabt, in jeder Beziehung. Nur das Öffnen einer Flasche fällt mir s-s-s-schwer«, grinste er. Nachdem der verflixte Korkenzieher erneut im Flaschenhals versunken war, zog Felix an diesem auf der einen Seite und Julia am anderen Ende der Flasche. Blopp. Um nicht der Länge nach hinzuschlagen, mussten beide die plötzliche Rückwärtsbewegung abfangen. Die Hälfte des Rotweins klatschte auf den Fußboden. Julia und Felix hielten sich den Bauch vor Lachen. Das Lachen verstummte schlagartig, als Felix einen Schritt näher zu Julia aufrückte und seinen Arm um ihre Schultern legte.

»Julia….«

Sie entfernte sich von ihm.»Sei mir nicht böse, aber… «

Felix fiel ihr ins Wort.

»Ja, ich weiß, Robert … aber komm mir jetzt bloß nicht m-m-mit diesem Freundschaftsscheiß.«
Sie rutschte wieder ein Stück zu Felix auf und gab ihm einen Kuss auf die Wange.
»Du bist der Beste.«
Sie unterhielten sich noch eine Weile über die Geschehnisse und tranken den Wein aus. Danach kuschelte sich Julia in das große, runde Bett, das in der Mitte des Lofts auf einem Podest aufgestellt war, und Felix verzog sich auf die Gästecouch.

Der Song "The Show must go on" von Queen begleitete das gemütliche Frühstück am nächsten Morgen. Julia schmiegte sich mit dem viel zu großen Schlaf T-Shirt, das ihr Felix für die Nacht gegeben hatte, auf die bequeme Sofalandschaft. Der Laptop, den er unter einigen Kisten hervorzog, war nicht das neueste Model, dennoch bootete er erstaunlich schnell. Er steckte den USB-Stick ein, wartete einen Moment und tippte wild auf die Tastatur.
»M-M-Mist, alle Daten verschlüsselt«, stellte er fest.
»Klar, was dachtest du denn. Aber so wie ich die Sache sehe, sind wir zwei eher für das Grobe zuständig. Wir brauchen einen Fachmann.«
»Big Bill, der S-S-Softwarespezialist«, grinste Felix. »Seine "außergewöhnlichen Fähigkeiten" werden manchmal mit einem Knastbesuch belohnt, hoffe, er ist gerade wieder draußen.«

Felix hievte seinen Rucksack ins Auto und telefonierte während der Fahrt zu Julias Wohnung mit dem Hacker.

Nachdem er als erster Julias Wohnung in Augenschein genommen hatte, stellte er trocken fest:

»Alles okay, du Streber, komm rein.«

Streber? Langsam betrat sie die Wohnung und sah sich die Bescherung an, die sie in einen größeren Schrecken versetzte, als es das beträchtlichste Chaos nach einem Einbruch hätte tun können. Blitzblank. Sauber. Aufgeräumt! Im Wohnzimmer lagen keine Papierschnipsel auf dem Boden, nichts stand auf dem Tisch, das Glas spiegelte, alle Bücher in den Regalen waren fein säuberlich farblich sortiert. Julia holte tief Luft, als ihr Blick auf das Familienfoto fiel, das jetzt berahmt mit einer modernen chromglänzenden Einfassung auf dem Schreibtisch stand. Felix sah Julia verdutzt an, als sie an ihm vorbei ins Schlafzimmer stürzte. Auch in diesem Raum war kein Staubkorn zu finden. Die Bettwäsche wie mit einem Lineal gerade gezogen, der Spiegel strahlte, den Stuhl zierte ein Kissen, das – wie bei Oma – eine Kerbe in der Mitte aufwies. Wie paralysiert blieb ihr Blick auf ihrem alten Teddybär haften, der mitten auf dem Bett thronte. Sie starrte in zwei braune Knopfaugen.

Julia schüttelte den Kopf. *Wer hat einen Schlüssel? Das Schloss war nicht beschädigt, keine Einbruchsspuren sichtbar. Die Fenster waren geschlossen und verriegelt.* Sie rannte an dem sichtlich irritierten Felix vorbei in die offene Küche und riss die Schränke auf. Sortiert. Alles fein säuberlich nach Ablaufdatum sortiert. Gestapelt. *Selbst wenn ich schizophrene Züge annehmen würde - nach Ablaufdatum sortieren?* Nein. Sie sah verzweifelt zu Felix, der die Welt nicht mehr verstand.

»Fehlt was?« Konsterniert beobachtete er jeden ihrer Schritte. Regungslos blieb Julia plötzlich mitten im Raum stehen. Ihr Lieblingsmöbelstück, der alte Schaukelstuhl, stand frisch gestrichen in der Ecke des Wohnzimmers. Er wartete in Grasgrün auf seine Besitzerin. Sie legte die Hände an ihre Schläfen und schloss, in der Hoffnung, dass es sich um eine Sinnestäuschung handelte, für einen Moment die Augen.

»Julia, was ist denn los, kann ich dir irgendwie helfen?«, durchbrach Felix die Stille. Julia zupfte nervös an ihrem Jackenärmel.

»Alles sauber, geputzt, geordnet und sortiert. Ich hatte schon lange keine Zeit für einen Hausputz und selbst wenn, dann wäre nicht alles so steril.«

Er legte seinen Arm um Julias Schultern, runzelte die Stirn und überlegte.

»Mmmh … wenn du der Polizei erzählst, dass du eine Anzeige aufgeben willst, weil jemand s-s-s-sauber gemacht hat, erklären die dich für verrückt.«

Julia zündete sich eine Zigarette an. Es war ihr egal, dass sie ihre eigenen Regeln damit durchbrach und in der Wohnung rauchte. In diesem Moment kümmerte es sie auch nicht, dass Felix wild fuchtelnd eines der Dachfenster aufriss, um Luft zu schnappen. Ein Scheppern an der Wohnungstür ließ den letzten tiefen Zug in Julias Hals stecken bleiben, sodass ihre Lungen dies prompt mit einem Hustenanfall quittierten. Gleich darauf ein Klirren.

»Felix, hörst du das?« Julia, deren Puls jetzt in ihrer Halsschlagader klopfte, schlich auf Zehenspitzen über den Flur an die Wohnungstür. Ein Kratzen, wie es ein Schlüssel auf Holz verursachte. Sie presste ihr Ohr an die Tür und horchte.

»Nichts.« Der Blick durch den Türspion.

»Nichts.« Ein Rascheln direkt vor der Tür. Julia betätigte den Lichtschalter für das Treppenhaus, der in ihrer Gegensprechanlage integriert war. Zaghaft blickte Julia durch das Guckloch, zuckte schlagartig zusammen, wich einen Schritt zurück und rempelte Felix, der aufgerückt war und direkt hinter ihr stand, fast um. Ein Auge hatte sie durch den Spion angeglotzt. Felix griff nach einem Stockschirm, der in der tiefen Bodenvase neben dem Eingang stand, schob Julia zur Seite und riss blitzschnell die Wohnungstür auf. Jetzt stand Julia wie gelähmt mit aufgerissenen Augen an der Tür und konnte nicht fassen, was sie da sah – nichts.

»Felix, du hast es doch auch gehört, oder?« Julia zweifelte in höchstem Maße an ihrem Verstand.

»Also, vielleicht ein Rascheln oder so, aber das hätte auch von einem Nachbarn kommen können, der gerade durch das Treppenhaus gegangen ist«, bemerkte Felix unsicher, nachdem er vom Treppenabsatz aus den Aufgang in Augenschein genommen hatte.

Der Klingelton des Telefons war auf höchste Stufe gestellt und Julia erschrak beim ersten Laut. Sie nahm den Hörer, dessen lautstarker Sound ein Vibrieren in ihrer Hand verursachte, und zögerte, den Anruf entgegenzunehmen. *Nach dem Einbruch macht sich jemand an meiner Wohnungstür zu schaffen – oder? Und jetzt Telefonterror – oder?* Sie hielt das Mobilteil fest in ihrer zittrigen Hand, den Finger auf das grüne Symbol gelegt, doch sie konnte sich nicht dazu überwinden, die Taste zu betätigen.

»Willst du nicht rangehen?«, holte Felix sie aus ihrem lethargischen Zustand zurück in die Realität. Nach einem verhaltenen Kopfnicken nahm Julia das Gespräch entgegen.

»Hallo Frau Hoven, ich versuche seit Stunden, Sie zu erreichen. Ich habe wichtige Informationen. Wann können wir uns treffen?« Die Stimme von Schwester Kati klang nervös und gehetzt. Nach einem tiefen, erleichterten Atemzug setzte sich Julia an den Schreibtisch. »Können Sie mir die Infos nicht am Telefon geben?« Julia nahm sich einen Stift und Zettel zur Hand.

»Nein, ich habe alle Daten auf einer CD gespeichert. Wir müssen uns persönlich sehen.«

Nachdem Julia einen Treffpunkt vereinbart hatte, wandte sie sich wieder Felix zu, der sich mit einem Räuspern bemerkbar machte.

»So aufgewühlt wie du bist, kannst du unmöglich hier alleine in deiner Wohnung bleiben. Pack ein paar S-S-Sachen zusammen und komm wieder m-m-m-mit zu mir. Davon abgesehen sollten wir uns auch wieder in der Redaktion blicken lassen.« Julia zupfte an ihrem Jackenärmel und verdrehte die Augen: *Implantate, Prothes, Echecon, Robert, Schwester Kati, Wohnung, Tür, Nummernschild, Felix, Verfolger, Redaktion, Robert, Vater* ... Es fing mit einem leichten Kribbeln in den Beinen an, kroch dann zielstrebig über die Oberschenkel, erfasste ihren Körper, und als es im Kopf zum Stillstand kam, flackerten ihre Augenlider und sie sah in ein dunkles, tiefes Loch.

***

»Robert?«

»Ja, Schatz, bleib liegen. Felix hat mich angerufen und mir alles erzählt. Ich habe dir eine Beruhigungsspritze gegeben. Schlaf jetzt, ich bleibe bei dir.« Robert saß neben ihr auf der Sofakante. Hinter ihm sah Julia den Schatten einer Frau vorbeihuschen– oder waren das die Nebenwirkungen der Spritze?

»Robert, wer ist …«

Er streichelte Julia über den Kopf.

»Pssst, wir reden später.« Er zog die Decke etwas höher. Ihre Lider waren schwer, so schwer, dass Julia sie nur ein kleines Stück öffnen konnte und wieder eine schemenhafte Gestalt vorbeihuschen sah. Sie hörte Stimmen – sie flüsterten. Julia zwang sich erneut dazu, die Augen zu öffnen und wach zu werden, doch es war vergebens. Im Schlaf gefangen, gelähmt – oder war es ein Traum?

»Hast du ihr … erzählt?«, hörte sie ein Flüstern.

»Geh …« Sie konnte nur Bruchstücke wahrnehmen und versank dann abermals in das dunkle Nichts.

»Wie lange habe ich geschlafen?«, fragte sie Robert, der nur mit einem Bademantel bekleidet vor ihr im Schlafzimmer stand und seine Zahnbürste im Mund hin und her bewegte. Er murmelte ein kaum verständliches

»Warte ... Tschahnpasta«, und verschwand im Badezimmer.

War das alles wirklich passiert? Nach einigen Minuten kam Robert in einer frisch gebügelten Jeans und einem blauen Poloshirt zurück.

»Wie fühlst du dich?«, fragte er, setzte sich zu ihr und tastete ihren Puls.

»Wie lange habe ich geschlafen?«

Robert ließ ihr Handgelenk los und küsste sie.

»Zwei Tage.«

»Was genau ist denn passiert, ich habe Kopfschmerzen, wer war die Frau und wo ist Felix?« Langsam und noch etwas benommen setzte sich Julia auf die Bettkante. Die Schmerzen zogen sich über die Schultern und die Halswirbelsäule bis in ihren Schädel. Sie hatte das Gefühl, dass sie drei Bauarbeiter mit Presslufthämmern beherbergte.

»Langsam, eins nach dem anderen. Felix hat mich nach deinem Zusammenbruch angerufen, dann haben wir dich in die Villa gebracht. Er hat mir die ganze Geschichte erzählt. Ich musste dir eine starke Beruhigungsspritze geben und habe dich dann ins Schlafzimmer getragen. Die Ruhe war dringend notwendig.«

»Wer war die Frau hier in der Villa?«

Robert sah sie erstaunt an.

»Hier war keine Frau. Nur Felix und ich. Du hast bestimmt geträumt. Bleib liegen, ich hab das Frühstück schon gerichtet und bring es gleich nach oben. Heute frühstücken wir im Bett.« Er streichelte Julia über den Arm und ging treppab in die Küche. Es dauerte nicht lange, und er stand mit einem großen Tablett, auf dem Kaffee, Milch, Toastbrot, Butter, Marmelade und eine dunkelrote Rose drapiert waren, wieder vor Julia. Er setzte sich zu ihr aufs Bett, stellte das Servierbrett in der Mitte ab und überreichte ihr eine volle Tasse Kaffee.

»Danke.« Julia freute sich über die Rose. *Ein Romantiker.* Das Kratzen seines Messers, das er über das krosse Toastbrot gleiten ließ, um Butter zu verteilen, nahm Julia in hundertfacher Lautstärke wahr. Es bohrte sich in ihr Trommelfell und zerrte an ihren Nerven.

»Ich muss mal kurz ins Bad«, stammelte sie benommen, stand auf und hielt einen kurzen Moment inne, damit sich ihr Kreislauf auf die neue Position ihres Körpers einstellen konnte.

Nachdem die dritte Ladung kalten Wassers in Julias Gesicht gelandet war, blickte sie in den Spiegel. Die langen Haare hingen zerzaust herunter. Dunkle Ringe hatten sich unter ihren glasigen Augen gebildet. Die Bindehaut war gerötet. Sie kämmte die Haare und putzte sich die Zähne. In Gedanken ging sie all die Geschehnisse noch einmal durch, die in ihrer Wohnung passiert waren, und plötzlich kam ihr eine Erinnerung, die ihr im gleichen Moment einen Schlag in die Magengrube versetzte – Schwester Kati! *Heute ist Donnerstag und sie wollte sich mit mir treffen.* Der Blick auf ihre Armbanduhr verriet, dass sie noch eine Stunde Zeit hatte bis zum verabredeten Termin.

»Du bist noch nicht so weit, ich kann dich unmöglich in die Redaktion fahren lassen.« Natürlich konnte Julia Robert nichts von Schwester Kati erzählen, sie arbeiteten im gleichen Krankenhaus und Robert war einer ihrer

Vorgesetzten. Auf die Schnelle war ihr allerdings nichts Besseres eingefallen als die Zeitung.

»Ich muss nur schnell etwas abholen und bin dann gleich wieder da.«

Robert baute sich vor ihr auf.

»Nein, als dein behandelnder Arzt und Freund verbiete ich es dir. Sag mir, was du brauchst, und ich fahre für dich in die Redaktion. Du legst dich wieder hin.«

Einer der drei Bauarbeiter in Julias Kopf warf eine neue und noch effektivere Maschine an.

»Gut, dann telefoniere ich mit Felix, er regelt das.«

Nach dem Telefonat legte sich Julia wieder aufs Bett und nahm die Aspirin, die Robert ihr anbot, gerne entgegen.

»Du musst unbedingt die Polizei verständigen und den Einbruch in deine Wohnung anzeigen.«

»Die halten mich doch für vollkommen verrückt. Es ist ja nichts entwendet worden.« *Und wenn sie dann noch erfahren, dass ich Psychopharmaka einnehme…*

»Denk nochmal drüber nach. Ich komme auch gern mit auf die Polizeiwache, wenn du das möchtest. Ach ja, mir ist da noch etwas eingefallen, was für deine Recherchen eventuell nützlich sein könnte.« Robert legte sich zu Julia und nahm sie in den Arm. »Es gibt einen Patientenbeauftragen der Bundesregierung, den würde ich mal aufsuchen. Aber nicht als Journalistin, sondern als besorgte Tochter. Er ist Ansprechpartner für alle Bürger in medizinischen Belangen.« Julia löste sich kurz aus Roberts Umklammerung und nahm einen großen Schluck aus dem Wasserglas, das auf dem Nachttisch neben dem Queensize-Bett stand.

»Gute Idee, danke für den Tipp.« Mit einem unguten Gefühl, den Presslufthämmern in ihrem Kopf und wirren Gedanken, wollte und konnte sie sich nicht weiter mit ihm unterhalten und schlief erschöpft ein.

Julia konnte nur noch den Geruch seines betörenden Aftershaves wahrnehmen, der im Schlafzimmer wie ein feiner Nebel in der Luft lag, aber das Bett neben ihr war leer.

»Robert?« Nur mit einem langen, weißen Männer T-Shirt bekleidet – *ich sollte langsam den Designer wechseln* – öffnete sie die Tür des Schlafzimmers, das sich im ersten Stock der Villa befand.

»Robert?« Keine Antwort. Bei dem benachbarten Zimmer, das Julia auf der Suche nach ihm öffnete, musste es sich um ein Gästezimmer handeln, denn außer einem Einzelbett, einem passenden Nachttisch, Kleiderschrank und einer antiken Kommode, war nichts zu entdecken. Die oberste Schublade der Kommode stand einen Spalt weit offen und eine Ecke Papier blinzelte hervor. Ihre Neugierde siegte und sie stapfte barfuß ihrem Ziel entgegen. Zu dem Stück Papier gehörte ein dickes, vergilbtes Fotoalbum. Die Lade klemmte und ließ sich nur schwer öffnen. Die ersten Bilder zeigten ein Paar, das sich liebevoll an sein Baby schmiegte. Julia blätterte Seite für Seite um und sah sich die Gesichter ganz genau an, doch diese Personen tauchten auf keinen weiteren Fotos auf. Alle weiteren Abbildungen zeigten eine andere kleine Familie: Mann, Frau, ein dunkelhaariger Junge und ein rotblondes Mädchen mit Zöpfen und Sommersprossen. Nur ein Foto ganz am Ende war mit »Onkel Karl-Heinz«

beschriftet. *Der kommt mir bekannt vor, aber ich kann mich auch täuschen. Eigentlich weiß ich gar nichts von Robert, seiner Familie und seinem bisherigen Leben.*

Ihre Verwunderung war groß, als sie das Chaos im nächsten Zimmer sah. Ein Raum, der so gar nicht zu dem Rest des penibel sauberen Hauses passte. Auf der Fensterbank stand eine vertrocknete Pflanze. Neben dem Papierkorb, der das Fassungsvermögen an Schnipseln und zerknüllten Blättern überschritten hatte, setzte sich der Papiertumult auf dem Boden fort. Selbst Julia als Anti-Putzteufel irritierte diese Unordnung. Um sich für den Beruf des Journalisten zu entscheiden, bedurfte es etwas, was man nicht erlernen konnte – Neugierde – eine Neugierde, die sich über Angst, Verbote, persönliche Gefühle und Stress hinwegsetzte. Das pflegte zumindest Julias Dozentin zu sagen.
Auf dem gewaltigen, mit Aktenbergen überfüllten Eiche-rustikal-Schreibtisch blätterte sie in Kopien von Krankenakten, neuen Operationsmethoden und Berichten, Seminarunterlagen und Fortbildungsmaßnahmen. *Krankenakten? OP-Berichte? Warum nimmt ein Arzt diese Unterlagen mit nach Hause?* Unter dem nächsten Stapel blitze ein Briefkopf hervor, der ihr sehr bekannt vorkam. Firma Prothes.

Genau in dem Moment, als Julia sich das Schreiben näher ansehen wollte, hörte sie von draußen einen Schlüssel, der ins Schloss gesteckt wurde. Wie ein kleines Kind, das bei etwas Verbotenem erwischt wurde, zuckte sie zusammen, legte alle Stapel wieder genau so unordentlich hin, schlich auf Zehenspitzen zur Tür …

»Julia?«

... huschte über den Flur ins Schlafzimmer und sprang mit einem Satz ins Bett zurück. Fünf Sekunden später stand Robert in der Tür.

Kapitel 9

»S-S-Sie war nicht beim verabredeten Treffpunkt. Auch telefonisch konnte ich sie nicht erreichen.« Felix stand kopfschüttelnd neben Julia. Der Barkeeper beugte sich über die Theke und reichte ihnen die bestellten Drinks. Die Musik der alten Bluesband, die über den CD-Player dröhnte, war so laut, dass Julia kaum ein Wort verstehen konnte.

»Das gibt es doch nicht, die Informationen schienen sehr wichtig zu sein. Hast du es auch im Krankenhaus versucht?« Felix rückte näher, denn auch er musste sich bei der Lautstärke, die in der kleinen Kellerbar aus den Boxen hallte, anstrengen, etwas zu verstehen.

»Kati hat ein paar Tage Urlaub eingereicht, war die Auskunft ihrer Kollegin.« Felix bewegte seine Füße und den Kopf im Takt. Er prostete Julia zu und trank einen Schluck von seinem Cocktail.

»Sex on the Beach, man s-s-soll es nicht glauben, aber dieses Wort kann ich ohne zu s-s-stottern aussprechen.«
Julia stupste ihn freundschaftlich in die Rippen. »Klar, Wodka macht die Zunge locker.« Sie konnte sich ein breites Grinsen nicht verkneifen.
Nach ein paar Tagen Ruhe, die sich Julia bei Robert hatte gönnen dürfen, musste auch sie wieder zurück in ihr altes Leben und in ihre Wohnung, bei der zur Sicherheit das Schloss ausgetauscht worden war. Julia hatte dem ersten

Treffen mit Felix entgegengefiebert und fühlte sich – bis auf die Lautstärke – wohl an diesem Ort, den er für das Treffen ausgesucht hatte.

»Das kommt mir sehr komisch vor. Mmmh … wenn Kati nicht ans Telefon geht, sollten wir sie in ihrer Wohnung aufsuchen, laut Stadtplan ist die nur ein paar Straßen weiter.«

Julia ging davon aus, dass Anfang September der Sommer nicht ganz verloren und der Herbst noch keinen Einzug gehalten hatte. Doch an diesem Abend war durch den feuchten Nebel, der sich über die Häuser und Straßen zog, die dritte Jahreszeit ganz nah. Julia hatte nur eine dünne Strickjacke über ihr T-Shirt gezogen. Gänsehaut machte sich erst über ihren Rücken, den Kopf und dann auf ihren Armen breit. Sie verschränkte diese um ihren Oberkörper und rieb mit den Händen – auch wenn sie damit keine Aussicht auf Besserung hatte – ihre Oberarme. Felix nahm seinen Fotoapparat aus der Tasche, zog die Jacke aus und legte sie Julia um die Schultern, dann knipste er los.

»Die Kamera muss immer mit, man kann ja nie wissen, wann m-m-man den besten S-S-Schuss vor die Linse bekommt.«

Die kleinen nebelumhüllten Straßen und die Hausfassaden, die nur teilweise beleuchtet waren, wurden abgelichtet. Er knipste auch Julia immer wieder in den unterschiedlichsten Posen.

»Felix, du hast einen Knall«, lachte Julia.

»Klar wer wäre denn s-s-sonst so verrückt diesen S-S-Scheiß mit dir durchzustehen.«

Nur eine kleine gedämpfte Laterne spendete etwas Licht im Hinterhof des Altbaus, den sie durch eine große Doppeltür erreichten. Der Anblick der drei Gestalten, die Bier trinkend und laut diskutierend auf einer Bank vor einer Hauswand saßen, ließ Julia etwas näher zu Felix aufrücken. Er schaltete den Fotoapparat aus und hängte ihn sich um. Julia stellte den Kragen auf und schloss den Reißverschluss an der ihr viel zu großen Jacke. Sie schlotterte vor Kälte. Der Schatten, der sich in dem Moment auf dem Hinterhofboden ausbreitete, als das Licht im Erdgeschoss angeknipst wurde, ließ erahnen, dass dieses Fenster vergittert sein musste.

»S-S-Schröder«, sagte Felix,

»hier m-m-muß es s-s-sein«, und betätigte den Klingelknopf.

Aus früheren Unterhaltungen wusste Julia, dass Kati ohne Partner mit ihren drei Kindern hier wohnte. Katis Mann hatte sich vor zwei Jahren mit einer Jüngeren aus dem Staub gemacht. *Bewundernswert, wie manche Frauen es schaffen, Kinder und Beruf alleine unter einen Hut zu bekommen.*

Nichts – kein Ton aus der Gegensprechanlage, kein Türöffner. Felix drückte erneut den Knopf.

»Zu wem wollen Sie denn?«, fragte eine der drei Gestalten, ein älterer Mann, der unbemerkt näher gekommen war und dessen geflickte, dunkelbraune Cordhose an ihm herunterhing. Julia wich einen Schritt zurück.

»Zu Frau Schröder, Kati Schröder.« Der Senior sah auf das Klingelschild.

»Ach so, die Mutti, keine Ahnung. Manchmal funktionieren die Türglocken hier im Haus nicht. Ich wohne auch hier und kann Ihnen aufschließen. Probieren Sie es oben an der Wohnungstür noch mal – ganz oben, im fünften Stock.« Er zog einen dicken Schlüsselbund aus der Hosentasche hervor, hustete und schloss nach dem dritten Versuch die Tür auf.

Julias atemraubende Gedanken über die unzähligen Stufen, die bis ins fünfte Stockwerk führten, nahmen eine glückliche Wendung, als sie den alten Fahrstuhl entdeckte, der in der Mitte des baufälligen Treppenhauses seinen Dienst hoffentlich noch nicht verweigert hatte. *Wie in einem alten Film – aus Holz mit eingesetzten Glasfenstern und einer Gitterschiebetür, die man noch von Hand betätigen muss.*

»In dieses Ding kriegen m-m-mich keine zehn Pferde, ich nehme die Treppe«, bemerkte Felix, als er an Julia vorbei hastete.

»Dann schauen wir mal, wer schneller oben ist«, rief sie hinterher, schloss das Gitter und drückte auf die Fünf. Er bewegte sich nicht – kein Stück, doch beim zweiten Versuch setzte sich das vorsintflutliche Gefährt mit einem Ruck, einem lauten Quietschen und verdächtigen Knarren in Bewegung.

»Ich bin gleich oben, wo bleibst du?«, hörte Julia Felix einige Etagen über sich. Im gleichen Moment ging das Licht aus und der Fahrstuhl blieb zwischen zwei Etagen stecken. Die Adaptation ihrer Augen hatte noch nicht eingesetzt und so konnte sie auch nicht erkennen, wer gerade schnellen Schrittes am Lift vorbei die Treppen nach unten rannte.

»Felix? Willst du mich veräppeln, mach mal das Licht an!« Die schwere Eingangstür fiel ins Schloss. In dem geringen Lichtschein, der durch die Treppenhausfenster drang, konnte sie nun einige Umrisse erfassen. Das Rütteln an der Schiebetür und das Drücken auf alle Knöpfe half nichts, der Aufzug gab weder einen Ton von sich noch machte er irgendwelche Anstalten, sich in Bewegung zu setzen. Einen Notfallknopf gab es nicht.

»Felix. Mach keinen Scheiß, hol mich hier raus.« Nichts – vollkommene Ruhe. *Irgendjemand wird mich schon hören ...*

»Hilfe, Hilfe, hallo ... Ich bin im Aufzug.« Nichts.

Eine gespenstische Stille, die einem den Atem nahm und mit jeder weiteren Sekunde den Brustkorb zuschnürte. Der Wind, der die Äste und Blätter der Bäume im Hof bewegte, pfiff durch die Fensterritzen im Treppenhaus. Der schummrigen Lichteinfall verursachte mystische Schatten an der Wand. Ein heftiger Ruck riss sie aus ihren Gedanken. Der Fahrstuhl rutschte ein Stück nach unten. Julia schwankte und hielt sich, bevor es ihr die Füße unter den Beinen wegzog, an der Schiebetür fest.

»Hilfe, hallo, Felix!« Ihre Hände zitterten und kalter Angstschweiß lief über Julias Rücken. Die Wände in der kleinen Kabine schienen immer näher und näher an sie heranzukommen, sie zu zerquetschen. Die imaginären Fesseln erfassten ihren Körper und schnürten ihr die Luft ab.

Denken, Julia, tief durchatmen.... mein Handy – Das liegt im Auto. Felix' Jacke.

Jacken mit vielen praktischen Taschen können sehr nützlich sein ...Doch in dieser Situation zitterten sich ihre Hände von

Vertiefung zu Vertiefung, um das Handy oder ein anderes Utensil zu finden, das ihr in dieser Lage hätte helfen können.

Und wieder rutschte ihr Gefängnis ein großes Stück nach unten. Durch die Stille drang ein Reißen, das sich wiederholte und wie das Zerfetzen eines Stoffes klang. Im gleichen Augenblick wurde ein Stück eines Drahtseiles in Julias Sichtfeld gepeitscht und sie wich blitzschnell zurück. Ein verschmorter Geruch breitete sich in der vergitterten Kabine aus. *Wenn dieses Ding jetzt abrutscht und einige Etagen mit mir in die Tiefe stürzt und auf dem Boden zerschellt. Wenn das Seil* ... Diesen Gedanken wollte sie nicht zu Ende führen.

»Felix! Hilfe!« In einiger Entfernung war ein Stöhnen zu hören. In der letzten Jackentasche wurde sie fündig, das Smartphone von Felix. Die Akkuleistung zeigte noch zehn Prozent. Zumindest hatte sie eine Lichtquelle gefunden, in deren bläulichem Schein sie die äußere Lage in Augenschein nahm. Der Aufzug kippte zur Seite und rutschte jetzt ein größeres Stück nach unten. Julia konnte sich nicht mehr halten und fiel auf die Knie.

»Felix?« Das Stöhnen wurde lauter und war jetzt deutlich zu vernehmen. Und wieder riss etwas. Mit jedem dieser Geräusche rutschte der Aufzug, der sofort wieder von den Bremsen aufgefangen wurde, tiefer. Julia wählte die Notrufnummer, doch das Mobiltelefon zeigte keinen Empfang und die Akkuleistung war auf fünf Prozent gefallen.

Das Stöhnen wandelte sich zu einem Jammern.

»Felix?«

Kurz darauf kam endlich die Antwort.

»Julia? Wo bist du?« Das Licht im Treppenhaus ging wieder an, und an der Haustür machte sich eine andere Person mit einem rasselnden Schlüsselbund zu schaffen.

»Im Aufzug, ich stecke fest.« Die Schritte auf der Treppe waren unregelmäßig und hörten sich nach einem Humpeln an.

»Beeil dich, Felix!« Die Eingangstür wurde mit einem lauten Quietschen geöffnet.

»Hallo, was ist denn hier los? Ist was passiert?« Julia erkannte die raue Stimme des älteren Mannes, der ihnen aufgeschlossen hatte.

»Hier oben im Fahrstuhl!« Das Humpeln kam näher.

»Da hat jemand das Schild von der Aufzugstür entfernt – Mist, der ist defekt!«, brummelte der Alte vor sich hin.

Ach, was du nicht sagst.

»Bitte beeilen Sie sich.« Der Boden des oberen Stockwerks lag direkt in Julias Sichtfeld. Das eine Hosenbein von Felix war bis zum Knie zerrissen und Blut tropfte aus einer Wunde.

»Ich hole Hilfe«, rief der Senior. Die Eingangstür fiel wieder ins Schloss.

»Oh Mann, das Ding rutscht ab. Warte, ich hol dich hier raus.« Felix humpelte eine Etage tiefer und rüttelte am Gitter.

»M-M-Mist, geht nicht, ich suche nach Werkzeug.« Das Hinken entfernte sich und gleich darauf ging das Licht im Treppenhaus wieder aus.

Das darf doch alles nicht wahr sein – Julias Angst wandelte sich nun in Wut und sie rüttelte und zerrte an dem verflixten Gitter, das sich keinen Millimeter bewegen ließ. Auf zwei Quadratmeter gefangen – eingesperrt wie ein Hofhund im Zwinger, der keine Chance hatte zu entkommen.

Nach einigen Minuten wurde es wieder hell und Felix kam mit einer Brechstange, die er sich vom Hausmeister ausgeliehen hatte, zurück. Er legte das Eisenteil zwischen Holzrahmen und Gitter und rammte es mit aller Kraft in den Spalt. Sie rüttelten gemeinsam an der Tür, die ihren Widerstand nach einiger Zeit aufgab. Julia ging in die Hocke und Felix zog sie aus dem Fahrstuhl in seine Arme.

»Danke, Felix. Was ist denn passiert, wo warst du?«, fragte Julia, während sie versuchte, das Blut, das aus der Platzwunde an seiner Stirn tropfte, mit einem Taschentuch zu stillen.

»Das Licht ging aus, dann bin ich gestolpert – oder es hat mich jemand gestoßen, ich weiß es nicht genau. Dann bin ich m-m-mit meinem Knie an eine Kiste geknallt und m-m-m-mit dem Kopf ans Geländer.«

»Wir müssen ins Krankenhaus, die Wunde muss genäht werden«, äußerte Julia, als sie auch die Verletzung an seinem Knie notdürftig mit den letzten Taschentüchern gereinigt hatte.

»Quatsch, wegen so eines Kratzers muss ich doch nicht ins Krankenhaus. Lass uns endlich zu Kati gehen.«

Ein blumiger Geruch stieg ihnen in die Nase, süßlich mild, wie ihn ein künstliches Raumspray erzeugte. Felix drückte die Wohnungstür, die nur angelehnt war, einen

Spalt weiter auf und humpelte dann in den hell erleuchteten Flur. Ein großer Wandspiegel, der einen Riss quer über die Metallbeschichtung aufwies, hing schief über einer modernen Flurkommode im Walnuss- Design.

»Hallo Kati, sind Sie da?«, rief Julia. Einen Augenblick hielten sie inne und lauschten. Keine Antwort. Die Wohnung wirkte aufgeräumt, nur auf dem Wohnzimmertisch lagen verschiedene Schriftstücke und Zeitschriften verstreut übereinander. An der Decke des vier Meter hohen Raumes hing ein alter Kronleuchter, dessen Lichtstrahl durch die Kristalle funkelte. In der Ecke stand ein Kratzbaum, der farblich zu dem restlichen Mobiliar des Wohnzimmers harmonierte – doch die Bewohner des zwei Meter hohen, mit Plüsch bezogenen Turms waren nicht auszumachen.

»Keiner da«, brummelte Felix.

»Vielleicht ist sie nur schnell bei einer Nachbarin, die Tür war ja angelehnt.«

»Ja, wir warten einfach eine Weile«, erwiderte Felix und setzte sich auf die einladende Eckgarnitur.

»Schau mal, da hängen einige Urkunden an der Wand.« Julia ging ein paar Schritte näher und betrachtete die gerahmten Zertifikate.

»Es geht um Rätsel.« Im gleichen Augenblick, als Julia den Rahmen anfassen wollte, klingelte das Telefon. Sie ließ zeitgleich die Einfassung los, als hätte ihr die Berührung einen Schlag versetzt.

»Geh m-m-mal ran.« Felix brachte Julia das Mobilteil, das auf dem Wohnzimmertisch lag, betätigte die grüne Hörer-Taste und drückte Julia das Ding, ohne ihre Antwort abzuwarten, in die Hand.

»Hallo?… Sie sind schon Zuhause? Frau Schröder, Sie haben gerade Ihr Portemonnaie hier liegen lassen.« Die Frauenstimme kam Julia bekannt vor.

»Hallo, Frau Schröder?«

»Hallo, Bettina.« Felix sah Julia an und zog erstaunt eine Augenbraue nach oben. Auch für Bettina musste es also Situationen geben, in denen ihr die passenden Worte fehlten – *hätte ich nicht für möglich gehalten* – doch die herrschende Stille am anderen Ende der Leitung bestätige Julias Annahme.

»Julia, bist du das?« Die Schrecksekunden waren bei Bettina auf ein Minimum reduziert.

»Ja.«

»Was machst du denn … da hätte sie es dir ja gleich ... Also diese Frau Schröder hat gerade hier in der Redaktion etwas für dich abgegeben und ihre Geldbörse liegen lassen, jetzt kannst du ihr das ja selbst sagen.« Noch bevor Julia eine Frage stellen konnte, legte Bettina mit einem genervten

»Ich bin ja nicht deine Sekretärin« auf.

»Das finde ich alles sehr komisch. Sie hält die Verabredung nicht ein, geht nicht an ihr Handy und doch gibt sie Infomaterial beim Berliner Anzeiger für uns ab? Auf Kati war bisher immer Verlass. Warte mal, auf dem Anrufbeantworter werden drei Nachrichten angezeigt, ob ich …«

»Na klar, mach. Ich denke nicht, dass Kati s-s-sauer ist, wenn wir den AB abhören. Vielleicht bekommen wir ja dadurch einen Hinweis«, unterbrach Felix aufgeregt. Nachdem Julia den Wiedergabeknopf des Anrufbeantworters betätigt hatte, ertönte die erste

Nachricht. Es knackte in der Leitung und ein weit entferntes Rauschen, wie es ein vorbeifahrender Zug oder eine viel befahrene Straße erzeugen würden, war zu hören.

»Es ist so weit«, tönte eine verzerrte Stimme aus dem kleinen Lautsprecher. »Sie wissen, was Sie zu tun haben, jetzt! Hundekehlsee. Und bringen Sie die CD mit. Sie wissen ja, was sonst passiert ...« Das Gespräch musste jemand entgegengenommen haben, denn es wurde an dieser Stelle abgebrochen. Das Display zeigte, dass der Anruf um 20:35 Uhr aufgezeichnet worden war.

»Hallo Mama, ich bin´s, Sarah, wollte nur noch sagen, dass ich dann morgen direkt mit Melanie zur Schule gehe, du brauchst mich nicht abzuholen. Tschüss, hab dich liiieb!«

»Elisabethen-Krankenhaus Frau Senn, guten Tag Frau Schröder. Auch wenn Sie kurzfristig Urlaub einreichen, benötige ich einen Urlaubsschein für meine Akten. Das wissen Sie doch!« Felix sah auf seine Armbanduhr.

»21:45 Uhr. Lass uns gehen.«

Kapitel 10

Dort, wo der Ursprung des milchigen Schleiers war, konnte man die Wasseroberfläche nur erahnen. Julia und Felix standen auf der Seite des Hundekehlsees, die für Besucher zugänglich war. Hier durften Jogger ihre Runden drehen und Hund und Herrchen sich austoben. In den Sommermonaten bot er eine willkommene Abkühlung für Badegäste. Er lag am Rande der Villenkolonie Grunewald und des gleichnamigen Forstes, daher war eine Seite des Sees in Privatbesitz und für Gäste gesperrt.

»Da steht kein anderes Fahrzeug auf dem Parkplatz«, stellte Julia fest und bog vor Felix in den kleinen Waldweg. Der Wind rauschte in den Bäumen. Trotz der vereinzelten Lichtstrahlen, die von den Villen jenseits des Parkplatzes zu ihnen herüberfielen, konnten sie nicht viel erkennen. Nur ein leises immer wiederkehrendes Plätschern verriet, dass sie ganz nah am Seeufer waren.

»Kannst du jemanden sehen?«, fragte Julia. Felix bückte sich und hob einen Stock auf.

»Nein, ich kann auch nicht viel s-s-sehen.« Der Waldweg wurde immer schlammiger. In der Ferne waren Stimmen zu vernehmen. Verstehen konnten sie nichts, doch sie beschleunigten ihre Schritte und gingen jetzt genau in diese Richtung. Felix griff nach einem zweiten Stock und drückte ihn Julia in die Hand.

»Hallo, wer ist da?«, rief Felix in die Dunkelheit. Keine Antwort. Julia konnte die Umrisse von zwei Gestalten erkennen. *Das sind Frauenstimmen, Kati?* Im selben Augenblick, als Julia einen Schritt weiter auf sie zu gehen wollte, spürte sie einen Schlag in seitlicher Bauchhöhe und knickte ein.

Ein nasses, raues Etwas schleckte ihr Gesicht ab und hechelte seinen unangenehmen Mundgeruch in ihre Nase.

»Guter Junge«, lachte Felix und tätschelte den bärigen Berner Sennenhund.

»Oh, entschuldigen Sie bitte, aber er liebt Stöcke und wollte bestimmt nur mit Ihnen spielen«, rechtfertigte die Hundebesitzerin das Verhalten ihres Schützlings. Julia schüttelte den Kopf, kraulte nach dem ersten Schreck den "kleinen Kerl" und verabschiedete sich von den Spaziergängern.

»Netter Hund - und so zutraulich«, scherzte Felix und ging den immer glitschiger werdenden Weg weiter.

»Lass uns umdrehen, wir können nichts mehr sehen, und wenn sich Kati hier mit jemandem getroffen hat, dann sind wir zu spät.« Plötzlich hörten sie einen dumpfen Schlag und ein darauffolgendes Platschen.

»Das war bestimmt der Hund, der noch mal ein nächtliches Bad nehmen m-m-möchte«, war die Erklärung von Felix.

»Quatsch, das kommt doch aus einer vollkommen anderen Richtung.«

Da sie sich auf ihre Augen nicht verlassen konnte, musste sich Julia auf ihre anderen Sinne konzentrieren. Für einige Sekunden standen sie still da und lauschten in das Dunkel der Nacht – nichts. Äste knackten unter sich laut fortbewegenden Schritten. Julia drehte sich um ihre eigene Achse, doch von wem diese Geräusche ausgingen, konnte sie nicht erkennen.

»Da – im Wasser bewegt sich etwas – Scheiße, ich kann nicht s-s-s-schwimmen«, bedauerte Felix aufgeregt. Ohne zu zögern, rannte Julia zum Ufer und stapfte in voller Bekleidung in den See.

»Ja, du hast recht, da ist etwas«, rief Julia. Als das dunkle, kalte Nass sie komplett umhüllte, sah sie in einigen Metern Entfernung etwas auf dem Wasser treiben, das in der nächsten Sekunde unterging. Ihre Schuhe hatten sich mit dem Seewasser vollgesogen und ihre Kleidung, die immer schwerer wurde, drohte, sie in die Tiefe zu ziehen. Sie holte einige Male Luft und tauchte in die dunkle Brühe. Die Zeit beim DLRG lag zwar schon einige Jahre zurück, doch sie hoffte, dass man wie beim Fahrradfahren auch hier die Techniken nicht verlernen würde. Die Kälte bohrte sich in ihre Haut und stach wie spitze Nadeln bis in ihr Innerstes. Die Temperaturdifferenz war so groß, dass Julias Körper nach einer erhöhten Atemfrequenz verlangte. Sie japste und schluckte dabei einen Schwall Wasser, den sie sogleich wieder aushustete.

»Ich rufe den Rettungswagen, komm wieder raus!« Den Satz von Felix bekam Julia nur am Rande mit. *Bis die Rettungskräfte hier eintreffen, ist es zu spät – falls sich hier überhaupt ein Mensch befindet.* Die Orientierung hatte Julia bereits verloren, dennoch tauchte sie wieder und wieder und suchte mit ihren Händen den sandigen Grund ab. *Wie lange kann ein Mensch die Luft anhalten? Eine Minute oder zwei?* Einem Apnoe-Taucher gelang es, bis zu zwanzig Minuten unter Wasser zu bleiben. Allerdings konnte sie nicht davon ausgehen, dass sich die Person – falls es eine Person war – mit dieser Technik auseinandergesetzt hatte. Das Gefühl für Zeit hatte Julia vollkommen verloren. Waren zwei Minuten oder erst 30 Sekunden vergangen, seit sie mit den Rettungsversuchen begonnen hatte?

Etwas Helles schimmerte durch die Dunkelheit, ganz schwach und kaum zu erkennen. Julia tauchte ein Stück weiter darauf zu. Eine gespenstische Berührung, wie von Schilf, Seetang – oder Haaren? – ließen Julias Hand zurückzucken, dabei streifte sie etwas wie ein Stück Stoff – eine Jacke? Julia streckte nochmals ihre Hand aus, und im gleichen Augenblick schubste die Strömung ein blasses, lebloses Gesicht direkt vor ihre Augen. Julia wollte schreien und riss den Mund auf. Sie schwamm an die Wasseroberfläche und rang nach Luft. Kati. Julia atmete ein paar mal tief ein und wieder aus, hielt die Luft an und tauchte hinab.

Katis Arme und Beine hingen leblos in dem dunklen Gewässer. Julia griff nach ihrem Jackenärmel und versuchte, sie an die Oberfläche zu ziehen. Kati, die in voller Montur ein Stück unter Julia schwebte, fühlte sich an wie ein schwerer, mit Steinen befüllter Sack. Mit aller Kraft zerrte Julia an ihrem Arm, doch sie bewegte sich nicht. Nach nochmaligem Luftschnappen tauchte sie an

Katis schwerelosem Leib nach unten und sah die Wurzel, in deren Ausläufer sich Katis Beine verfangen hatten. Julias Kopf drohte durch den sich aufbauenden Druck zu platzen. Die Hände waren so kalt, dass sie kaum noch etwas spüren konnte. Sie fühlten sich an wie schwere unbewegliche Klumpen, und so konnte sie jeden Griff an die Wurzel nur noch instinktiv ausführen.

Ob Kati noch ein Lebenszeichen von sich geben würde, wenn Julia sie endlich aus dem See gerettet hätte, wusste sie nicht. Ob Julia selbst Schäden davon tragen würde, konnte sie auch nicht beantworten. Aber der Wille, dass sie alles in ihrer Macht stehende tun würde, um Kati zu retten, gab ihr die Kraft, weiter zu machen. Wieder und wieder griff sie nach der Wurzel, zog und rüttelte an ihr, bis sie Katis Beine befreien konnte. Der Körper hing in diesem Augenblick wie Tonnen an Julia. Ihre Lungen drohten zu explodieren, und so ließ sie nach und nach die angestaute Luft ab, die in kleinen Bläschen an die Oberfläche kullerten. Ihr wurde schwarz vor Augen, und kurz bevor sie selbst in eine Art Dämmerzustand überging, erreichte sie mit der Krankenschwester in ihren Armen die rettende Wasseroberfläche.

Felix kam ihnen im flachen Wasser entgegen und nahm Julia den leblosen Körper ab. Er drehte Kati auf den Rücken und tastete den Puls.

»Scheiße, ganz schwach.«

Julia griff nach Katis Armen, streckte diese über Katis Kopf und beugte sic mit Druck wieder nach unten auf ihren Brustkorb. Mehrmals wiederholte sie diese Übung.

»Nicht aufgeben«, schrie Julia aufgeregt. Kati spuckte einen großen Schwall Wasser aus. Sie öffnete die Augen und sah Julia an, dann fiel ihr Kopf zur Seite und es sah so aus, als würde der gerade zurückgekehrte Hauch von Leben aus ihrem Körper wieder entschwinden.

Der Sanitäter legte auf die Rettungsdecke noch eine wärmere Wolldecke und drückte Julia eine heiße Tasse Tee in die Hand. Ein großer, breitschultriger Mann trat vor sie.

»Polizeihauptmeister Peter Schönburg. Von Ihrem Freund habe ich ja schon einiges erfahren, aber Ihre Aussage brauche ich auch noch, Frau Hoven.« In seinem Gesicht war keine Regung zu erkennen, einzig der Vollbart, dessen spitze Enden am Schnauzer in langen Kreisen gedreht waren, wippte bei jedem gesprochenen Wort nach. Der Notarzt kam mit schnellen Schritten auf sie zu und mischte sich dem Polizeihauptmeister zugewandt ein:

»Die Frau muss zuerst mit ins Krankenhaus.«

»Natürlich, ich muss auch nur einige kleine Details wissen. Die komplette Aussage kann Frau Hoven dann nach ihrem Krankenhausaufenthalt auf dem Revier zu Protokoll geben«, erwiderte der uniformierte Bartträger.

Felix, der neben Julia im Rettungswagen auf der Trage saß, legte seinen Arm um sie und versuchte, durch Reibung Wärme zu erzeugen.

»Warum kannst du denn nicht schwimmen?«, fragte Julia.

»Das ist eine lange Geschichte. Mein Vater dachte, er m-m-müsse mich nur ins Wasser schubsen. So hatte mein Großvater ihm das Schwimmen beigebracht. Ich ging unter und schluckte sehr viel Wasser, bis er mich wieder rausfischte. Seit diesem S-S-Schock, den ich als Fünfjähriger erlebt habe, s-s-stottere ich.« Julia streichelte über seine Hand und sah ihn verständnisvoll an. Dann wandte sie sich zu dem jungen Notarzt.

»Wie geht es Kati Schröder?«

»Sie haben gute Arbeit geleistet, das war knapp. Sie hat eine schwere Kopfverletzung, ist nicht bei Bewusstsein und auf dem Weg ins Krankenhaus, und dort sollten Sie jetzt auch hin.«

»Danke. Ich beantworte noch schnell die Fragen von Herrn Schönburg und fahre dann mit ins Krankenhaus.«

***

Das kühle Neonlicht und die karge Einrichtung, die nur aus drei abgenutzten, einfachen Holzstühlen und einem passenden Tisch bestand, ließen keine behagliche Stimmung aufkommen. Schon nach einer Nacht hatte Julia das Krankenhaus wieder verlassen dürfen und befand sich jetzt auf dem Polizeirevier, um ihre Aussage zu Protokoll zu geben. Ein schlaksiger Zwei-Meter-Mann betrat das Zimmer. Seine Geheimratsecken hatten den Rest des Oberkopfes erkannt und diesen radikal besiedelt.

»Kriminalhauptkommissar Lenz, guten Tag, Frau Hoven. Da es sich mutmaßlich um einen Mordversuch handelt und nicht um einen Unfall, übernehmen wir die Sache. Kati Schröder liegt im künstlichen Koma, daher können wir sie noch nicht zur Sache befragen. Herr von Westheim hat seine Aussage schon getätigt. Nun zu Ihnen, Frau Hoven: Warum gingen Sie ohne Aufforderung in die Wohnung von Frau Kati Schröder? «

»Also, Frau Schröder und ich haben uns angefreundet, da sie meinen Vater im Krankenhaus betreut. Mein Kollege Felix und ich wollten ihr einen Besuch abstatten. Die Haustür war nur angelehnt und keiner reagierte auf unser Rufen, daher traten wir ein.« Der Kripobeamte griff nach einem Kugelschreiber und machte sich einige Notizen.

»Und warum hörten Sie den Anrufbeantworter ab?« Der Kommissar klopfte mit seinem Kugelschreiber auf den Tisch. Tok tok tok, es hörte sich an wie "Herr Specht", der ein Frühlingsbewohner der großen Eiche vor Julias Balkonfenster war.

»Ich bin eben ein neugieriger Mensch, und wenn ich ihn nicht abgehört hätte, wäre Kati Schröder jetzt tot. Wenn Sie mich deshalb anzeigen wollen, bitte.« Das Klopfen wurde lauter.

Der Schall drang über ihre Ohren in das Innerste ihres Gehirns, setzte sich dort fest und drohte mit jedem weiteren Ton wie eine Bombe zu platzen. Und wenn die These stimmte, dass Frauen mehr Gehirnwindungen aufwiesen als Männer, dann hatte der nervige Tontransport trotzdem in Sekundenschnelle sein Ziel erreicht. Da war es wieder, das große Zittern, doch diesmal eher vor Wut, als vor Angst. Julias Nervenkostüm war durch das ständige Klopfen bis zum Zerbersten angespannt. Sie stand auf, nahm Herrn Lenz den

Kugelschreiber aus der Hand und legte ihn unsanft auf den Tisch.

»Schluss jetzt!« Der Kommissar erschrak.

»Sind Sie sicher, dass es Ihnen schon wieder gut geht, Frau Hoven?« Er hob das Schreibgerät wieder auf.

»Ja, alles in Ordnung« *Kati liegt im Koma, da draußen läuft ein Irrer herum und du hämmerst an meinen Nerven, aber sonst …*

»Gut, dann machen wir weiter: Kannten Sie den Anrufer? Und um welche CD geht es?« Der hochgewachsene Mann drehte den Kugelschreiber um und hämmerte erneut auf die Tischplatte. Tok tok tok. Julia stand abrupt auf und stieß den Stuhl so heftig nach hinten, dass er an die Wand krachte. Lenz zuckte erschrocken zusammen und ließ prompt den Schreiber fallen.

»Frau Hoven, Ihre Nerven sind aber noch nicht die besten.« *Nein, weiß Gott nicht, wer könnte es mir verdenken nach den Erlebnissen?*

»Alles in Ordnung, Herr Lenz, aber bitte hören Sie mit diesem Klopfen auf.« Der Kommissar stellte Julias Stuhl wieder in Position, und sie nahm erneut Platz.

»Den drohenden Anrufer kannte ich nicht, die Stimme war ja auch verzerrt, und von einer CD oder Daten weiß ich nichts.« Erneut griff der Mann nach diesem verhassten Schreibgegenstand, sah Julia in die Augen und machte sogleich eine Abwehrbewegung.

»Keine Angst … nur zum Schreiben, ehrlich.«

Kapitel 11

Schon beim Betreten der Redaktion war Bettinas durchdringende Stimme zu hören. Ihre Schritte waren fast hüpfend, und ihr ausladender Hüftschwung hätte einer Hula-Tänzerin zur Ehre gereicht. Felix legte seinen Arm um Julias Schultern und beschritt so – stolz wie Oskar – den langen Gang durch das Großraumbüro. Die Kollegen standen von ihren Stühlen auf, drehten sich um und klatschten Beifall. Die Röte, die Julia sogleich ins Gesicht schoss, konnte mit einem Hydranten am Straßenrand mithalten.

»So kann man auch auf Seite eins landen. Top Titelstory, nur schade, dass du sie nicht selbst schreiben konntest, was? Das habe ich dann übernommen. Allerdings hättest du auf dem Foto etwas netter dreinblicken können, auch wenn es im Krankenhaus aufgenommen wurde.« Bettina kreischte fast vor lauter Aufregung. Ihre langen, roten Haare trug sie heute offen, so wie den Schlitz an ihrem viel zu kurzen Rock, der keine Frau – außer Bettina –zum Sitzen verleiten würde.

Sie wedelte mit einem großen Briefumschlag vor Julia herum.

»Da ist nur ein Schlüssel und ein Zettel von Frau Schröder drin, sonst nichts.«

Sehr zuvorkommend, dass du mir die Arbeit, in den Umschlag zu sehen – der verschlossen war – schon abgenommen hast.
Dr. Lehmann kam mit einem freundlichen Grinsen aus seinem Büro, gab Julia einen anerkennenden Klaps auf die Schulter und schüttelte beiden mit festem Druck die Hand.

»So, dann folgt mir mal in mein Büro, ihr zwei Helden.« Lehmann schloss die Tür, setzte sich auf seinen alten Bürostuhl und knipste die Spitze der dicken Havanna ab, die er nur bei besonderen Gelegenheiten rauchte. Nach dem ersten Paffer umhüllte ihn eine dicke Nebelwolke, die er fuchtelnd im Raum verteilte.

»So, Freunde, nun mal unter uns Schwesternschülerinnen. Wem habt ihr ans Bein gepinkelt?« Felix und Julia sahen sich groß an und zuckten fast gleichzeitig mit den Schultern. Der zuvor freundliche Blick von Lehmann schlug in einen ernsteren um. Auf seiner Stirn, die glänzte, als hätte er sie vorab poliert, entstanden tiefe Denkfalten.

»Ich habe vor zwei Stunden einen Anruf vom Boss erhalten. Er verlangte, dass ich euch von der Story "Prothesen" zurückziehe und ihr alle bis dato gesammelten Informationen vernichtet. Ihr müsst also einflussreichen Personen einen gewaltigen Schreck versetzt haben, sonst würde er so was nicht fordern. Also – Klartext!«

»Okay Chef, S-S-Sie sind ja in Ihrer aktiven Zeit auch mal wichtigen Leuten auf die Füße getreten, waren aber immer ein Garant für Top-Titel-S-S-Storys. Ähm…

konnten Sie s-s-sich da immer an den Pressekodex halten?«

»Es geht jetzt nicht um mich. Klartext habe ich gesagt.«

»Gut, dann die komplette Geschichte...«, eröffnete Felix und ließ bei seinen weiteren Erörterungen kein Detail aus. Bis er geendet hatte, war die Luft im Raum völlig verqualmt. Julia stand auf und öffnete hustend das Fenster. Lehmann überlegte und räusperte sich.

»Leute, Ihr seid gefährlich nah dran. Wollt ihr wirklich weitermachen?«

»Ja. Wir können nicht untätig herumsitzen und warten, bis die Polizei etwas herausgefunden hat oder noch mehr Menschen Schaden nehmen«, antwortete Julia. Dr. Lehmann drückte seine Zigarre aus und strich mit der Hand über seine Glatze.

»Gut, meine Rückendeckung habt ihr. Alle Fakten direkt zu mir, und wenn ihr Hilfe braucht, wendet ihr euch auch nur an mich, ist das klar?« Nach einer einträchtigen Bestätigung entließ er Julia und Felix ins Getümmel ihrer Kollegen, die ihnen mit einem Glas Sekt aufwarteten.

»Hör mal, Julia, ich habe da einige Notizen in meinem Schreibtisch gefunden, die gehören wohl dir. Wie die jetzt in meiner Schublade gelandet sind, kann ich dir nicht sagen, war wohl die Putzfrau.« Bettina legte einige von Julias handschriftlichen Aufzeichnungen auf den Tisch. Als sie sich so nah zu Julia nach vorne beugte, fielen ihr die großen Sommersprossen in Bettinas Gesicht auf, die sie bis dahin perfekt überschminkt hatte.

»Jetzt hörst du mir mal zu. Wenn du noch einmal deine Griffel ungefragt in meine Unterlagen steckst, gibt es richtig Ärger, ist das klar!« Bettina ging sofort einen Schritt zurück, stolperte über ein Kabel und konnte sich gerade noch am Nachbartisch festhalten, bevor sie auf dem Boden gelandet wäre. Derartige Reaktionen war sie nicht von Julia gewohnt und konnte diese im ersten Moment wohl auch nicht einordnen. Die plötzliche Stille und Bettinas verdutzter Gesichtsausdruck bestätigten Julias Annahme.

»Hast du etwas von dem Typ gehört, der sich um die Entschlüsselung der Daten auf dem USB-Stick kümmern wollte?«
Felix nahm seinen Stuhl und rutsche so nah neben Julia, dass kein anderer ihre Unterhaltung mithören konnte.
»Nein, ich versuche s-s-ständig, ihn zu erreichen. Hoffe, die haben den nicht wieder eingebuchtet. Ich habe aber vorsichtshalber eine Kopie der Daten gezogen. Warten wir noch ein paar Tage ab.«
Julia widmete sich jetzt dem Umschlag von Kati Schröder, den sie immer noch in der Hand hielt.

Ein Schlüssel und ein Zettel, auf dem stand:

A	P	M	H	W	T	T	D	Z	P	K	D	B	F	W	W	Y	Y	J	X
P	A	D	C	U	N	D	C	G	X	D	O	H	F	D	V	C	W	O	H
X	D	S	D	H	N	Z	Z	D	C	X	A	P	U	P	P	Z	T	C	C
V	L	B	A	Z	I	D	G	C	D	H	K	G	A	T	R	A	X	L	D
G	K	E	S	J	J	E	E	Y	G	U	E	Q	F	P	S	K	N	F	L
N	E	W	V	P	I	B	B	F	L	S	V	F	X	L	U	K	O	A	V
U	L	E	G	Z	E	K	I	M	U	V	C	C	A	S	K	U	C	X	C
V	P	N	G	N	L	N	I	N	R	N	O	H	C	R	K	N	P	G	X
F	O	I	E	U	U	Z	D	T	F	B	A	F	L	N	Z	V	H	F	I
E	H	R	F	E	G	H	Z	E	S	O	O	K	B	I	H	T	Z	R	L
J	E	A	S	R	E	D	O	F	N	Z	Y	H	T	Z	E	H	A	M	D
I	U	L	O	I	D	S	S	R	U	I	C	N	K	N	Q	S	S	O	H
D	A	N	T	E	C	R	L	S	D	L	L	R	Q	U	M	R	S	C	O
G	H	Y	A	K	S	H	M	H	F	E	M	R	I	R	I	Z	T	X	P
N	L	Y	Q	L	I	N	T	W	E	D	B	G	E	K	W	Y	E	K	F
Q	G	Y	Y	P	X	N	A	H	L	K	F	D	W	B	U	N	V	A	P
K	N	E	Y	N	U	J	I	B	T	O	N	H	R	F	A	M	C	F	J
Y	X	S	X	V	H	W	V	L	R	I	H	B	N	E	D	H	Q	K	U
D	Z	Y	B	N	V	M	O	Q	K	B	V	V	P	C	I	G	N	O	A
Y	N	V	I	J	T	Z	S	W	O	Y	M	A	U	P	A	V	S	P	S

»Die m-m-m-macht´s aber spannend. Ein Rätsel. Ach so… die Urkunden an ihrer Wohnzimmerwand.« Den Zettel begutachtete Julia von allen Seiten.

»So dumm war das gar nicht. Bettina hat den Umschlag ja auch geöffnet, und wenn gleich die Adresse für das passende Schloss dabei gelegen hätte …« Im selben Augenblick klingelte das Telefon.

»Frau Hoven, wir wollten Ihnen nur mitteilen, dass Ihr Vater gut in der Rehaklinik angekommen ist, Sie können ihn in den nächsten Tagen besuchen.« Glücklich über diese Information bedankte sich Julia und wendete sich wieder dem Schriftstück zu.

»Bist du gut im Rätsellösen?«

Felix setzte sich kerzengerade hin.

»Ich bin der King im Kopfnüsseknacken!« Diese Aussage unterstrich er mit einem verschmitzten Lächeln.

***

Der Oberkellner reichte eine Speisekarte, die mit der Größe eines Stadtplanes nahezu mithalten konnte.

»Lass dich mal verwöhnen, meine kleine Berühmtheit.« Robert zog den Artikel aus seiner Jackeninnentasche:

»Rettung in letzter Minute!
Unsere Starreporterin Julia Hoven rettet einer Krankenschwester das Leben.«

Ich dachte immer, zu einem Starreporter kann man nur durch gute Arbeit avancieren, so kann man sich irren. Der Sommelier trat neben Robert und schenkte eine Kostprobe des bestellten Weines ein. Robert hielt das Weinglas gegen das Licht, schwenkte es mit einer gefühlvollen Handbewegung, prüfte das Bouquet und kostete einen Schluck.

»Das ist der 1999 Château Petrus aus dem Bordeaux – Pomerol. Darf ich Ihrer Begleitung einschenken?« Es handelte sich um einen Wein, dessen Namen Julia noch nie gehört hatte, geschweige denn korrekt aussprechen konnte. Robert nickte dem Herrn zu und ergänzte:

»Ein leuchtendes Rubinrot, das Bouquet erinnert an Kirschen, dominikanischen Tabak, fast reife Frucht und Rosenpfeffer. Hat einen sehr langen Gaumen und trägt etwas toskanische Affinität in sich«. *Hä?* Für Julia war es Rotwein, der etwas säuerlich schmeckte und das kleine Vermögen von "nur" 3.990,- Euro das Fläschchen kostete. In einem noblen Sternerestaurant, dessen Koch und Inhaber aus Funk und Fernsehen bekannt war, bestellte der Herr für die Dame mit. So jedenfalls handhabte es Robert und las aus der Speisekarte Dinge wie: »Gillerdeau Auster, Dillpollen, Kalamansi und laotischer Bergpfeffer, Salat von Kaninchen und Quinoa, Chevrondel« vor. Außer der Auster und dem Kaninchen hatte Julia nichts verstanden, und das waren nicht gerade ihre Leibspeisen.

Die Orchidee, die mitten auf dem kleinen Tisch platziert war, verdeckte einen Teil von Roberts Gesicht. Wenn er sich nach rechts beugte und der Kerzenschein ein Funkeln in seinen Augen verursachte, schwärmten bei Julia die Schmetterlinge wieder aus. Er legte seine Hand auf ihre und verursachte damit ein Kribbeln, das sich ausbreitete und zu einer wohligen Wärme im restlichen Körper führte.

»Ich weiß eigentlich recht wenig von dir und deiner Familie, Robert, erzähl doch mal etwas aus deiner Kindheit.« Robert, der in einem schwarzen, maßgeschneiderten Anzug Julia gegenüber saß, rutschte ein Stück auf seinem Stuhl nach hinten.

»Meine leiblichen Eltern sind bei einem Autounfall gestorben, als ich ein Jahr alt war. Aber ich hatte Glück und wurde von sehr liebevollen Menschen adoptiert. Meine Adoptiveltern konnten selbst keine Kinder bekommen – dachten sie – doch ein Jahr nach meiner Adoption kam meine Stiefschwester auf die Welt.« In dem Moment servierten die Kellner die bestellte Vorspeise – die Austern. Julia begutachtete dieses glibberige Etwas sehr argwöhnisch, nahm eine in die Hand und führte sie zur Nase. Sie roch nach kaltem Salzwasser und einen Hauch von Fisch. Robert zeigte auf die Zitrone, träufelte etwas über seine Auster und schlürfte sie aus. Der Blick auf die Zitrone und allein der Gedanke daran zog Julias Geschmacksnerven zusammen und ließ ihren Mund eine Spitze formen.

»Ich möchte dir ja nicht zu nahe treten, Robert, aber wird man als Oberarzt so gut bezahlt, dass man sich Villa, Porsche und diese "netten Kleinigkeiten" leisten kann?«
Die Frage war ihm augenscheinlich unangenehm, doch nach einigem Zögern beantwortete er sie.

»Die Villa gehörte meinen leiblichen Eltern, die mir auch ein kleines Vermögen hinterlassen haben.« Dabei nahm er seine Serviette und tupfte sich die Überreste der Meeresdelikatesse von den Lippen. Julia hatte immer noch die große Muschel in der Hand und konnte sich nicht dazu überwinden, sich das schleimige Zeug einzuverleiben.

»Und deine Schwester ...«. Das Gespräch wurde unvermittelt durch den Song "Don´t stop me Now" von

Queen unterbrochen. In diesem Haute Cuisine Restaurant herrschte ein beschauliches, gedämpftes Ambiente, doch gegenwärtig ertönte das Lied in einer Lautstärke, dass alle Gäste sofort innehielten. Julias Handy. Die anderen Besucher starrten sie an und warfen ihr einen empörten Blick zu. Robert grinste.

»Das geht mir auch immer so, kein Problem, Schatz.« Während Julia mit ihrem Smartphone vor die Tür eilte, dachte sie – aber bestimmt nicht mit einem Song von Queen in dieser Lautstärke.

»Ich hab´s, Julia, das Rätsel! Wir müssen zum ... Jul … hö … ha …?«

Die Verbindung brach ab. Felix hatte aufgeregt und außer Atem geklungen. Sofort wählte Julia seine Nummer – die Mailbox. *Verflixt.* Auch alle weiteren Versuche vermochten die Situation nicht zu ändern. *Wohin müssen wir? Das Rätsel – ich muss das Rätsel lösen.*

»Alle Fakten direkt zu mir und wenn ihr Hilfe braucht, wendet ihr euch auch nur an mich, ist das klar?« erinnerte sie sich an die Worte von Lehmann.

Nachdem sich Julia schweren Herzens und mit einem schlechten Gewissen bei Robert entschuldigt und verabschiedet hatte, bestellte sie ein Taxi.

Der Chefredakteur fand wie immer kein Ende und saß auch zu dieser späten Stunde, die Brille auf der Nasenspitze und den angespannten Blick auf den Bildschirm gerichtet, in seinem Büro. Lehmann erschrak, als Julia die Tür öffnete.

»Julia? So spät? Was ist passiert?« Mit einer Kopie des Rätsels in der Hand betrat sie das Büro und brachte den Chefredakteur auf den neuesten Stand der Dinge.

»Buchstabenwirrwarr, na klasse!« Er stellte einen Aschenbecher auf den Tisch, worauf sich Julia ohne zu zögern eine Zigarette anzündete.

»Das dauert, ich hol uns mal eine Kanne Kaffee«, sagte Julia. Lehmann signalisierte Julia mit einer Handbewegung, dass sie Platz behalten sollte, und telefonierte mit einem strebsamen Praktikanten.

»Die sollen den Kaffee bringen. So hab ich auch mal angefangen, da müssen die durch«, grinste der Chefredakteur und wandte sich den verworrenen Buchstaben zu. Julias Nervosität stieg mit jedem weiteren Versuch, Felix telefonisch zu erreichen, denn alle endeten nur auf seiner Mailbox.

»Ich habe die Worte: Info, Klinik und Berlin gefunden«, freute sich Lehmann mit einem verschmitzten Blick über seine Brille und schenkte die zweite Tasse Kaffee ein. Je länger sie sich mit dem Buchstabentumult beschäftigten, desto eher tanzten die schwarzen Lettern vor ihren Augen. Die Versuche, Felix zu erreichen, endeten immer noch im Nirwana.

»Ich habe die Worte: Bedrohung, Hunde, Vorsicht und Drei gefunden«, sagte Julia. Eine weitere Stunde, eine Zigarre, zwei Zigaretten und drei Tassen Kaffee später:

»Jetzt! Bahn, Ebene, Schließ, Kehlsee, Kinder und Gesundheit.«

Lehmann lehnte sich erschöpft im Bürostuhl zurück, atmete tief aus und ergänzte:

»Gut, Julia, und ich habe noch das Wort Fach, das wohl zu Ihrem Schließ gehört – macht es uns aber nicht gerade einfach, die junge Krankenschwester, was?« Julia schob ihren Stuhl ein Stück nach hinten und fasste, während sie im Büro auf und ab ging, die Worte zusammen:

»Also, Hundekehlsee, Vorsicht, Bedrohung, Kinder gehören wohl zusammen und Info, Gesundheit, Klinik, Schließfach, Berlin, Bahn, Ebene drei.« Lehmann stand auf, schloss sich ihrem Laufdrang in entgegengesetzter Richtung an und vervollständigte:

»Komme mir schon vor wie Sherlock Holmes, also, Watson, ich kombiniere: Die Kinder von Frau Schröder werden bedroht, daher musste sie sich am Hundekehlsee mit Mr. X treffen, um ihm die Informationen zu übergeben. Nun nehme ich an, dass sie eine Kopie der Daten, die die Klinik betreffen, im Schließfach in Berlin auf einem Bahnhof in Ebene drei deponiert hat, richtig?« Lehmann blühte trotz der langen Sucherei förmlich auf.

»Richtig, Holmes! Aber auf welchem Bahnhof?«, fügte Julia hinzu. Lehmann stoppte in seiner Bewegung, ging dann zum Schreibtisch und tippte auf die Tastatur. An seinem Augenaufschlag war zu erkennen, dass er die gesuchte Information gefunden hatte. Dann las er vor, was auf der Internetseite stand:

»Aus Sicherheitsgründen befinden sich die Schließfächer im Parkhaus außerhalb des Hauptgebäudes im Bereich C, Ebene 1, 2, 3 – Hauptbahnhof.«

Kapitel 12

Völlig übermüdet und dennoch gespannt der Dinge harrend, die auf sie zukamen, saßen Julia und Dr. Lehmann in dessen Mercedes, der gerade in das Parkhaus am Berliner Hauptbahnhof einbog.

»Ebene drei«, wiederholte er, nachdem er das Ticket aus dem Parkautomaten gezogen hatte. Die Tiefgarage war menschenleer, nur vereinzelt standen Autos in den Parklücken. Nach einer weiteren Kurve erreichten sie ihr Ziel. Dr. Lehmann stellte sein Fahrzeug in der Nähe der Schließfächer ab.

»Julia, haben Sie noch mal versucht, Felix zu erreichen?« Sie stieg aus dem Wagen und ließ die Tür ins Schloss fallen.

»Ja, diesmal war nicht die Mailbox dran, aber auf das Klingeln hat er auch nicht reagiert.« Durch die Wirrungen der letzten Tage und das Schlafdefizit war es nicht verwunderlich, dass Julias Gehirn nur noch auf Energiesparmodus lief. Trotzdem versuchte sie sich zu konzentrieren, jedes Detail aufzunehmen und einzuordnen.

Lehmann zog sich seine Wildlederjacke an, auf deren Ellbogen handflächengroße Flicken genäht waren, und schloss den Wagen ab.

»Hier ist niemand. Was genau hat Felix am Telefon gesagt, als der Empfang abbrach?«

»Nur dass er das Rätsel gelöst hat. Aber er klang so aufgeregt, dass ich davon ausgegangen bin, dass er sich bereits vor Ort befindet und mich dort hin bestellen wollte«, erwiderte Julia.

»Können Sie sich an die Nummer des Schlüssels erinnern?«

Selbst wenn ich mir die Zahl auf dem Schlüssel genauer angesehen hätte, bei meinem Zahlengedächtnis wäre dies vergebene Liebesmüh gewesen. Sie schüttelte den Kopf. Diese kurze Bewegung mahnte sie allerdings, dass sich die nächste Migräneattacke ankündigte. Sie fasste sich an die Schläfen und versuchte, einige Akupressurpunkte durch kreisende Bewegungen zu stimulieren.

»Wir dachten, bei Felix ist der Schlüssel besser aufgehoben. Ich versuche nochmal, ihn zu erreichen. Irgendwo hier in der Nähe muss er ja stecken – Mist, kein Handyempfang.«

»Okay ich schau bei den Schließfächern nach«, sagte Lehmann. Julia huschte mit ihrem Smartphone in der Hand um eine Säule.

»Ich geh mal ein Stück weiter Richtung Ausfahrt, eventuell ist dort das Signal besser.«

Plötzlich hallten Schritte in der fast leeren Betonumgebung. Der Ton brach sich zwischen den Wänden und kam von allen Seiten, so war es ihr nicht möglich, den genauen Ursprungsort auszumachen. Julia stand einen Moment ganz still, drehte sich sodann um ihre eigene Achse und lauschte den satten Schritten.

Felix? Nein, den kenne ich nur mit Turnschuhen und die machen nicht so einen Lärm. Die Schritte wurden schneller, sie waren jetzt ganz nah und mussten jeden Augenblick bei ihr angelangt sein. Sollte sie sich verstecken – aber warum? Wieder zu Lehmann zurück gehen? Ruhe. Vollkommene Stille. Es war nichts mehr zu hören und kein Mensch in Sichtweite – außer dem Chefredakteur. Lehmann sah zu Julia, zuckte mit den Schultern und unterdrückte einen Hustenreiz. Er griff in seine Jackentasche und zog ein Eukalyptusbonbon heraus. Julia atmete zweimal tief ein und wieder aus, sie wollte sich nicht von dem Unbekannten beirren lassen.

Die Migräne kam wie eine Welle, langsam, schleichend, aber mit einer Wucht, die sich ohne Umschweife direkt in Julias Schädel quetschte. Sie ließ sich auch durch die vorherige Stimulation nicht abhalten. Julia kramte in ihrer Handtasche und zog ein Tablettenröhrchen hervor. Sie schnipste den Deckel ab, drehte das Röhrchen um und im gleichen Moment, als sie das Medikament schon zu fassen bekam, signalisierte ihr Smartphone lautstark seine Empfangsbereitschaft. Julia ließ die runde Pille fallen. Diese prallte hochkant auf den Boden und rollte einige Meter weiter unter einen weißen Lieferwagen.

»Mist, das war die letzte.«

»Und?«, fragte Lehmann, der wieder neben seinem Wagen stand.

»Ich habe Empfang, Moment.« Julia drückte auf Wahlwiederholung. *Täusche ich mich? Ist es das Hämmern in meinem Kopf?* In einiger Entfernung konnte Julia fast zeitgleich mit dem Klang in ihrem Handy einen Klingelton ausmachen. Auflegen. Anrufen. Auflegen. Anrufen – kein Zweifel, es handelte sich um das Handy von Felix – aber wo? Julia ging einige Schritte in die Richtung, aus der sie das Klingeln vermutete, doch ihr Smartphone signalisierte sofort das nächste Funkloch. *Das müssen die Betonwände sein.*

»Dr. Lehmann, hier in der Tiefgarage ist der Empfang alle paar Meter unterbrochen. Könnten Sie bitte hier her kommen und auf Wahlwiederholung drücken?«

Julia ging an einem dunkelroten Audi vorbei in Richtung des Transporters, unter dem sich auch ihre Migränetablette ein ruhiges Plätzchen gesucht hatte. Sie bückte sich und sah unter den Lieferwagen. Direkt neben dem rechten Hinterrad lag die Pille und das Handy von Felix. »Herr Lehmann, hierher, schnell.« Der Chefredakteur schob Julias Smartphone in seine Tasche und eilte zum Lieferwagen.

»Felix wäre nie so nachlässig mit seinem Handy. Da muss etwas passiert sein.« Lehmann überlegte kurz und ging dann um den Wagen herum. Er überprüfte alle Türen – verschlossen.

»Was wenn er da … Was war das?« Julia stockte. Sie konnte in näherer Umgebung ein undefinierbares Geräusch ausmachen. Ihr Blick schweifte zu einer Tür mit der Aufschrift »Nur für Personal.« Sie ging hinüber, hielt, an der grünlackierten Tür angekommen, ihr Ohr dagegen und konnte so etwas wie ein Knistern hören. Das Knistern entwickelte sich zu einem Rascheln, und kurz danach ertönte ein gedämpftes Poltern.

»Da drin?«, fragte Lehmann, den sie mit einer Abwehrbewegung wieder zur Stille aufforderte. Ein Scheppern, wie es eine Schranktür aus Blech verursachen würde. Im gleichen Augenblick konnte man das Klacken eines Schlüssels hören. Julia sprang einen Schritt zurück und wollte Deckung suchen, doch der nächste Pfeiler war zu weit von ihr entfernt. Der Schlüssel schnappte ins Schloss, die Tür ging auf.

»Was machen Sie denn so spät hier? Möchten Sie zu mir? Ist etwas mit Ihrem Auto?« Ein junger Mann im Blaumann stand vor ihr. In der einen Hand hatte er eine Vesperdose und in der anderen seinen Schlüsselbund.

»Ähm… ja. Entschuldigung. Mein Vater und ich haben den Schlüssel verbummelt. Wir besitzen nur noch den einen und müssten jetzt ans Handschuhfach. Dort liegen die Papiere des Transporters, und nur mit denen können wir einen Zweitschlüssel anfertigen lassen.« Lehmann sah Julia skeptisch an.

»Also… so etwas darf ich nicht machen. Tut mir leid, da könnte ja jeder kommen.«

»Es ist aber sehr wichtig, und um diese Uhrzeit können wir doch auch keine Werkstatt erreichen. Bitte.« Julia setzte ihr charmantestes Lächeln auf, und Lehmann schüttelte fast unmerklich den Kopf.

»Ich kann Sie gut verstehen«, mischte sich der Chefredakteur ein, »wir machen das anders. Sie verkaufen mir einen Schraubendreher und gehen dann in Ihren wohlverdienten Feierabend.«

Der junge Mann überlegte kurz:

»Was wäre Ihnen denn dieses Werkzeug wert?«

Lehmann zückte sein Portemonnaie und wedelte sogleich mit einem Fünfzig-Euro-Schein.

»Wenn Sie noch einen drauflegen …«, sagte der Parkhausmitarbeiter, ging zurück zur Tür und kam gleich darauf mit dem verlangten Schraubenzieher in der Hand zurück.

Ein alter Hase wie Lehmann reagiert in solchen Situationen immer souverän, während seiner aktiven Zeit als Starreporter hat er bestimmt schon kniffligere Lagen gemeistert. Doch Julia hatte nicht viel Zeit für Bewunderung. Als der junge Mann mit seinem Nebenverdienst von 100 Euro in der Tasche verschwunden war, klopfte Lehmann an die Seitenwand des alten Lieferwagens und rief nach Felix, doch auf eine Antwort wartete er vergebens.

»Mensch Julia, jetzt entwickeln wir schon eine kriminelle Ader… aber ich sehe das jetzt mal so: Hier ist Gefahr im Verzug.« Er visierte das Schloss der Hecktüren an und drehte den glänzenden Metallstab einige Male in der Öffnung.

»Haben Sie eventuell mehr technisches Geschick als ich?«

»Ich glaube nicht, aber ein Versuch ist es wert. In Filmen sieht das immer so einfach aus.« Als Julia den Schraubenzieher gegen das Schloss rammte, war ihr so, als hörte sie ein dumpfes Klopfen.

»Haben Sie das auch gehört, Chef?«

»Nein, was denn, ich höre nur Ihr Gehämmer.« Julia hielt einen Moment inne und lauschte.

Nichts.

»Kam das Klopfen aus dem Transporter?«, fragte Lehmann. Julia hämmerte jetzt wie eine Wilde auf dem Schloss herum.

»Jetzt gib endlich auf du Schei… blödes Ding.« Es sprang auf. Sie riss an der Doppeltür und im gleichen Moment schlug ihr etwas auf die Stirn. Julia wich vor Schreck einen Schritt zurück und rempelte dabei Lehmann an. Außer einem Besen, der mit dem Stiel an der Tür gelehnt haben musste und jedes Hämmern gegen das Schloss mit einem Klopfen quittierte, einigen Farbeimern und Pinseln war der Wagen leer.

»Scheiße«, sagte Dr. Lehmann, dessen Vokabular normalerweise solche Ausdrücke nicht beinhaltete, jedenfalls hatte Julia dieses Wort noch nie aus seinem Mund vernommen.

Der knatternde Auspuff eines Autos kündigte einen neuen Besucher der Ebene drei an. Julia sprang zur Seite, griff nach Lehmanns Arm und zog ihn hinter den Lieferwagen. Sollte sie die Polizei rufen? Ihre Gedanken wurden durch die laute Musik unterbrochen, die aus dem heranfahrenden Wagen dröhnte. Die Boxen auf volles Volumen gedreht, konnte man jeden einzelnen Beat in der Magengrube spüren. Durch den sonoren Bass und das Dröhnen, das der doppelläufige Auspuffendtopf verursachte, konnten sich Julia und Lehmann nur mit Handzeichen verständigen. Der Chefredakteur zeigte auf die offenen Türen und den Schraubenzieher, den Julia vor Schreck hatte fallen lassen und der jetzt sichtbar auf dem Boden vor den Hecktüren lag.

In einem Dreier BMW saßen zwei junge "coole Typen", deren Unterarme durch die geöffneten Fenster lässig zum Takt baumelten. Sie parkten das Auto unweit des Transporters, stiegen aus und knallten die Türen zu. Einer der Männer wies auf den offenen Transporter und das Werkzeug.

»Egal, isch muss mal bevor wir Party geh´n, wart«, sagte der eine und verschwand kurz darauf in Richtung Ausgang. Der andere murmelte etwas vor sich hin und ging zum Transporter. Die Schritte verstummten vor dem Lieferwagen. Julia sah seine Hand, die nach dem Werkzeug griff. *Soll ich aufstehen, mich zu erkennen geben? Nein, der geht bestimmt gleich wieder.* Das Quietschen seiner Turnschuhe kam näher. *Gleich muss er uns entdecken, doch aufstehen?* Im selben Augenblick hörten sie wieder ein entferntes, lautes Trampeln.

»Hey, Timo, komm! Da liegt einer, isch glaub der ist tot – isch schwör.« Julia und Lehmann sahen sich an und spurteten fast zeitgleich los.

»Schreck, wo kommt ihr denn …«

»Felix – Scheiße!«, schrie Julia, als sie auf der Herrentoilette angekommen war. Er kauerte in Embryostellung, geknebelt und gefesselt auf dem Boden. Aus einer frischen Platzwunde an seinem Hinterkopf tropfte Blut. *Wie ein eingewickelter, alter Teppich, der achtlos verschnürt und auf die Seite geworfen wird, damit die Müllabfuhr ihn abholt.* Julia kniete neben Felix und befreite ihn von dem Knebel. Der coole Typ, der auf den Namen Timo hörte, zog ein Klappmesser aus der Hosentasche und schnitt Felix' Fesseln durch. Der Inhalt von Felix'

Rucksack lag überall auf dem Boden verteilt. Julia ging zum Wasserhahn und befeuchtete ein Taschentuch. Sie beugte sich wieder zu ihm hinunter und betupfte seine Stirn.

»Felix«, rief sie.

»Ich hole die Polizei und einen Krankenwagen«, sagte Lehmann aufgeregt.

Als Felix die Augen aufschlug, löste sich die enge Verschnürung, die Julias Herz zu zerquetschen drohte. Ein tiefer Atemzug bestätigte ihre Erleichterung.

»Was ist passiert?« Nach einer kurzen Atempause lehnte er sich an die Wand und rieb seine Handgelenke. Die Haut an dieser Stelle war von tiefen Furchen gezeichnet, die von den Fesseln herrührten.

»Keine Polizei, Chef! S-s-so ein Mist, mir muss einer gefolgt s-s-sein, als ich mich mit dir hier treffen wollte. Der wusste von dem S-S-S-Schließfachschlüssel, hat mich durchsucht, dann s-s-s-spürte ich einen Schlag auf den Kopf und mir wurde s-s-schwarz vor Augen.«

Felix, Julia und Lehmann bedankten sich für die Hilfe bei den jungen Männern und verabschiedeten diese. Der Chefredakteur half Felix auf die Beine.

»Sie müssen ins Krankenhaus. Die Kopfwunde ist zwar nicht tief, aber Sie haben bestimmt eine Gehirnerschütterung.«

Als sie die Tür zur Tiefgarage wieder öffneten, hörten sie eine lautstarke Diskussion.

»Ich zeige euch an, ihr habt den Wagen aufgebrochen«, keifte ein Herr in einem weißen, farbbespritzten Overall, der mit Leiter und Eimer vor dem aufgebrochenen Transporter stand.

»Hey, du End-Spacko…«, setzte Timo wütend an. Lehmann, der neben den drei wild Gestikulierenden angekommen war, mischte sich ein:

»Entschuldigen Sie bitte, die Herren haben damit nichts zu tun. Das waren wir.«

»Uffbasse, sag isch doch.«

»Das tut mir leid, dass Sie zu unrecht verdächtigt wurden. Sie haben uns sehr geholfen, danke.« Nachdem Lehmann Timo und seinen Freund verabschiedet hatte, drehten diese auf dem Absatz um und verließen mit einigen Flaschen Bier in der Hand das Parkhaus.

Julia ging mit Felix zum Mercedes zurück. Sie holte den Verbandskasten und versorgte notdürftig die Kopfwunde, während Lehmann sich mit dem aufgebrachten Maler auseinandersetzte.

»Nur weil ich die blöde Leiter vergessen hatte … ich war ja fast schon am Auto … und Sie hätten nicht … das kommt davon, wenn man ...« Der zornige Gesichtsausdruck des Transporterbesitzers spiegelte seinen Ärger über das aufgebrochene Schloss wieder.

»Na gut, es ist ja jetzt nicht mehr zu ändern. Also Sie bezahlen den Schaden und ich sehe von einer Anzeige ab. Dafür sagen Sie aber auch keinem, dass ich so spät … privat, Sie wissen schon. Abgemacht?«

»Abgemacht«, erwiderte der Chefredakteur und drückte ihm seine Visitenkarte in die Hand.

Lehmann ging mit schnellen und dennoch wackligen Schritten zu seinem Auto.

»Mensch, Leute, ich fühle mich in alte Zeiten zurückversetzt, aber früher war das doch alles etwas einfacher für mich.« Er schnaufte lauthals durch, startete den Wagen und fuhr in Richtung Krankenhaus. Julia und Felix saßen auf der Rückbank.

»Aber den S-S-Schließfachschlüssel haben sie nicht«, sagte Felix und presste seine Hand gegen den Kopf.

»Wie jetzt? Wo ist denn der Schlüssel?«

Felix grinste leidlich und sagte:

»Der kommt in ein bis zwei Tagen auf natürlichem Weg wieder zum Vorschein.«

Kapitel 13

Die Regentropfen, die an diesem frühen Septembermorgen an Julias Dachfenster prasselten, klopften sie aus ihren wirren Träumen wach. Wieder eine Nacht, die von Albträumen begleitet worden war, wieder das Reißen und Zerren in ihrem Unterbewusstsein. Irreale Fesseln, die ihre Seele zuschnürten und sie strangulierten, bis sie nach Luft japsend aufwachte. Ihre Kehle war ausgetrocknet, als wäre sie gerade von einer Nachtwanderung in der Wüste zurückgekommen. Wahrscheinlich hatte sie im Schlaf gesprochen oder geschrien. Sie streckte ihre Gliedmaßen, schob die Decke zur Seite und schlurfte barfuß ins Badezimmer. Schlaftrunken ließ sie ihr langes T-Shirt fallen und betrat die Dusche, deren Schiebetür sich nur mit einem geräuschvollen Quietschen öffnen ließ. Das kühle Nass am frühen Morgen und das angenehm duftende Duschgel belebten ihre Sinne. *Wenn man all seine Erlebnisse und Gedanken einfach so abwaschen könnte. Sie würden sich auf dem Emaille sammeln und durch den Abfluss im Nirwana verschwinden.* Gerade als Julia sich den restlichen Schaum aus den Haaren spülte, sah sie einen Schatten vor der geriffelten Glastür der Duschkabine. *Ach was, das war der Schaum in den Augen.* Kurz darauf hörte sie die Wohnungstür ins Schloss fallen. *Was war jetzt das? Habe ich mich getäuscht? Nein, das war so laut.* Sie zog die Schiebetür auf und suchte nach einem Gegenstand, mit dem sie sich bewaffnen konnte. Das einzige, was sie im Badezimmer fand, war der Föhn. Mit diesem in der Hand schlich sie zögerlich, ohne sich abzutrocknen, nur mit dem Duschtuch umwickelt aus dem Bad.

»Hallo?«

Keine Antwort. Wenn die Wohnungstür zugefallen ist, dann ist derjenige ja auch wieder weg – oder? Julia hielt den Griff des Föhns fest umklammert und trug ihn wie einen Revolver vor sich her. *Ja klar, da hat gleich jeder einen Riesenrespekt vor dir, wenn er dich mit Handtuch und Föhn hier herumschleichen sieht.* Sie ging in alle Räume, sah unter dem Bett und in allen Ecken nach. Da war niemand. Natürlich nicht. Die Wohnung war still, wie immer. Es muss wohl eine Sinnestäuschung gewesen sein. Sie ging zurück ins Bad und öffnete das Fenster, damit der Dunst, der die heiße Dusche verursacht hatte, abziehen konnte. Fassungslos starrte sie auf den Spiegel.

»Verpiss dich aus Berlin, sonst passiert was«, drohte ihr die rote Schrift, die durch die Wärme schon leicht verwischt war. Sie trat vor den Spiegel und inspizierte mit dem Finger die Farbe. *Lippenstift? Was…? Wer…?* Julia setzte sich auf den geschlossenen Toilettendeckel und fixierte die zerlaufenen Buchstaben. Das war keine Einbildung oder ein paranoider Schub. Diese Zeilen waren real – *oder?* Der Satz verflüssigte sich, rann wie mit Blut geschrieben über die spiegelnde Fläche und tropfte auf die Ablage. Julia reflektierte über das bizarre Szenario. *Ich muss rational vorgehen, muss klar denken. Wer will mich in den Wahnsinn treiben, mir solche Angst einjagen? Wer hätte etwas davon, wenn ich Berlin verlasse? Und wer kann einfach so in meine Wohnung spazieren?*

So in ihren Gedanken vertieft, hörte sie ein entferntes Summen, das sich in kürzeren Abständen wiederholte. *Was zum Kuckuck* … Sie beschloss, diesem mysteriösen Geräusch auf den Grund zu gehen. Das Summen wurde aufdringlicher. Nach einer kurzen Pause ertönte das nervenaufreibende Geräusch erneut und sie ordnete seinen Ursprung dem Flur und der Eingangstür zu. Dort angelangt war der Ton so laut und anhaltend, dass sie sich die freie Hand vor ihr Ohr halten musste. Die Türglocke. *Das gibt es doch nicht, sie hatte bisher einen Dreiklang und kein Summen.* Der Blick durch den Spion verriet, dass keine Menschenseele vor ihrer Tür war, oder die Person musste im toten Winkel stehen, sodass Julia niemanden erkennen konnte. Sie griff zur Gegensprechanlage:

»Hallo, wer ist da?« Nichts, keine Antwort. Sie konnte nur den knatternden Auspuff eines vorbeifahrenden Autos hören. *Diese ominöse Person, die den Badspiegel vollgeschmiert hat? Der Postbote hätte sich gemeldet, Felix und Kati liegen im Krankenhaus, Lehmann ist auf Geschäftstermin und Robert hat Dienst.*

Auf Zehenspitzen schlich sich Julia durchs Schlafzimmer und ging auf die Loggia, in der Hoffnung, dass ihr der Blick auf den rätselhaften Gast freigegeben würde. *Warum schleiche ich eigentlich in meiner eigenen Wohnung?* So weit sie sich auch nach vorne beugte, die knorrige Eiche vor dem Balkonfenster versperrte ihr die Sicht auf den Eingangsbereich. Als sich im nächsten Moment zu dem

Summen ein Hämmern an der Wohnungstür gesellte, überkam Julia eine Mischung aus Panik, Übelkeit, Neugierde und Wut. Sie nahm allen Mut zusammen und ballte eine Faust. *Aber nicht ohne* … Julia hechtete in die Küche. Sie zog eine Schublade nach der andern bis zum Anschlag auf. Die Kochutensilien schepperten wild durcheinander. Ein Wiegemesser? *Nein.* Eine Pfanne? *Zu schwer.* Energisch durchdrang das Hämmern Julias hektische Sucherei. Ein Messer? Sie griff in die letzte Lade und entschied sich für das große Fleischmesser. *So, jetzt reicht´s mir aber, wer immer das auch ist, du kannst mich mal…* Ohne zu zögern ging sie, durch den kleinen Flur, sah nicht mehr durch den Türspion, sondern öffnete ruckartig, mit dem Messer im Anschlag die Wohnungstür.

»Was zum Gei… «

Die zierliche Frau, die vor der Tür stand erschrak dermaßen, dass sie alles fallen ließ, was sie in der Hand hatte.

»E-e-e..«, stotterte Tanja und ging beim Anblick des Messers einen Schritt zurück.

«Entschuldigung, Frau Hoven, ich wollte, ähm, also … geht es Ihnen nicht gut?« Tanja Grünbaum, eine der jungen quirligen Praktikantinnen des Berliner Anzeigers, stand nervös vor Julia. Im ersten Moment konnte sich Julia zu der Frage nicht äußern und schüttelte den Kopf.

»Kann ich etwas für Sie tun, Frau Hoven? Ist etwas passiert?« Julia schlotterten die Knie. Sie bückte sich und legte das Messer hinter der Eingangstür ab.

»Danke Tanja, schon gut. Komm doch rein.«

»Ähm nee, keine Zeit. Dr. Lehmann hat mich gebeten, Ihnen das Handy zu bringen. Hatte er wohl noch in seiner Tasche, und Sie haben doch ... sind doch für Recherchen unterwegs. Eine Nachbarin hat mir unten die Tür geöffnet.« Sie hob das Smartphone wieder auf und streckte es Julia entgegen.

»Hoffe, das funktioniert noch, 'tschuldigung ...« Sie drehte sich um und rannte durch das Treppenhaus nach unten. Julia stand noch eine ganze Weile wie angewurzelt an der offenen Wohnungstür. *Das erklärt aber immer noch nicht, wer in meiner Wohnung war – schon wieder. Ich muss zuerst mit meinem Vermieter telefonieren, es hat doch sonst niemand einen Haustürschlüssel und Einbruchspuren sind keine zu sehen.*

»Mein Vermieter ist verstorben? Die Wohnung wurde vererbt? An wen? ...« Während Julia mit der Hausverwaltung telefonierte, kritzelte sie wie immer auf ihren Notizzettel. Diese Marotte war keine bewusste Handlung, sie setzte nur Strich an Strich oder Muster an Muster, und ab und zu entstand dadurch ein richtiges Bild.

»Das dürfen Sie mir nicht sagen, aha, möchte inkognito bleiben … läuft nur über die Hausverwaltung«, wiederholte Julia. Als sie das Gespräch beendet hatte, fiel ihr Blick auf ihr Gekritzel. Bei genauerer Betrachtung konnte man eine Frau und ein großes Kreuz dahinter erkennen. Sie ließ den Zettel fallen, ging in die Küche, nahm sich ein großes Glas Wasser und schluckte eine der kleinen, blauen Beruhigungspillen.

***

Alles, was Rang und Namen hat, ist wohl in der Friedrichstraße angesiedelt, dachte Julia und sah sich den renovierten Altbau an. »Patientenbeauftragter der Bundesregierung 6. OG«, stand auf dem Schild an der Eingangstür. In Anbetracht der letzten Ereignisse atmete Julia ein paar Mal tief ein und wieder aus, ließ den Lift links liegen und nahm die Treppe. Sie beschloss, dass ihr eine Trainingseinheit Stepper gut tun würde, und hüpfte schwungvoll nach oben. Bereits im zweiten Stockwerk signalisierte ihre Atmung, dass sie das Tempo nicht bis in das sechste Obergeschoss durchhalten würde, demzufolge schaltete sie einen Gang zurück.

»Das hätten Sie in das Wahlprogramm mit aufnehmen müssen ... eine andere Wahlkampfstrategie?«, hörte Julia, als sie schnaubend in der vierten Etage angekommen war. Jetzt beschleunigte sie wieder, denn sie wollte unbedingt die dazugehörigen Gesichter kennenlernen. Fünfte Etage.

»Oppositionelle Partei, ja aber gerade dann …« Das Brennen in Julias Oberschenkeln setzte ein. Noch zwanzig Stufen. Zwei breitschultrige verschwitzte Männer quetschten einen sperrigen Schreibtisch an Julia im Treppenhaus vorbei.

»… ja, natürlich ist das wichtig…« Noch zehn Stufen.

»Aber die Gesundheit …«, hallte es laut durchs Treppenhaus. Als Julia wie ein kleines Kind über ihren Schnürsenkel stolperte, waren es noch fünf Stufen bis zur sechsten Etage. Die Feuerschutztüren des Treppenhauses waren mit einem Holzkeil weit geöffnet und gaben ihr den Blick zu den fast verschlossenen Fahrstuhltüren frei.

Ein etwa 1,90 Meter großer älterer Herr stand vor dem Aufzug. Er drehte sich zu Julia, die sich zwingen musste nicht zu hecheln, und ging auf sie zu.

»Guten Tag, mein Name ist Hermann Zacher, möchten Sie zu mir?« Trotz seiner stattlichen Größe wirkte er durch den nach vorne gebeugten Gang jetzt viel kleiner. Die Lachfalten konnten nur kurz von seinen schattigen Augenringen ablenken, und Julia blickte in ein sorgenvolles und niedergeschlagenes Gesicht.

»Ja, mein Name ist Julia Hoven, wir haben einen Termin«, schnaufte Julia.

Im Vorzimmer seines Büros war eine ältere Dame augenscheinlich so in ihre Arbeit vertieft, dass sie Julia erst bemerkte, als diese ein freundliches »Guten Morgen« schmetterte. Herr Zacher bestellte bei seiner Sekretärin Kaffee, ging in sein Büro und setzte sich hinter einen wuchtigen Mahagoni-Schreibtisch.

»Ich hoffe, es stört Sie nicht, aber das muss jetzt einfach sein«, seufzte Zacher, stopfte seine Pfeife mit einem angenehm duftenden Vanilletabak und zündete sie genüsslich an.

»Kein Problem«, antwortete Julia, setzte sich auf den gegenüberstehenden Stuhl und rauchte in Gedanken eine Zigarette mit. Nach dem ersten genüsslichen Paffer holte Zacher tief Luft.

»So, jetzt schießen Sie mal los, was kann ich für Sie tun?«

Julia erzählte die Geschichte ihres Vaters. Sie hatte sich nicht als Journalistin angemeldet, sondern, wie von

Robert empfohlen, als besorgte Tochter. Ohne Unterbrechung hörte Hermann Zacher gespannt zu, lehnte sich wieder zurück und zog an seiner Pfeife.

»Grotesk, dass Sie gerade heute ...« Die Sekretärin brachte den Kaffee und stellte die Tassen mit einem freundlichen:

»Bitteschön, Zucker und Milch nehmen Sie bitte selbst«, ab.

»Über die schadhaften Prothesen hat die Presse ausführlich berichtet. Sie wurden vom Markt genommen. Leider gibt es einige tausend Betroffene, wie mich.« Zacher räusperte sich und löffelte Zucker in seine Tasse.

»Sie auch?«

»Ja, nach dem Presseaufruf habe ich mich gezielt untersuchen lassen.« Seine Hände zitterten, als er den Endoprothesenpass aus der Lade zog.

»Aber bei mir kommt ein Austausch nicht in Betracht, das Herz... Entschuldigung, dass ich mich dazu verleiten ließ... hier geht es nicht um mich, sondern um Ihren Vater und die anderen Betroffenen.« Trotz der Melancholie in seiner Stimme war sie ruhig und angenehm. Ein Mensch, dem man gerne zuhörte, dessen Gegenwart Behaglichkeit ausstrahlte.

»Natürlich geht es dann auch um Sie, Herr Zacher. Aber was ich mich frage: Ohne eine einheitliche Prüfstelle können doch immer weitere schadhafte Implantate zugelassen werden.«

Der Patientenbeauftragte wurde blass um die Nase.

»Sie sind schon sehr in das Thema involviert…. Mmhh, irgendwie kommt mir Ihr Gesicht bekannt vor, kennen wir uns?«

»Nicht dass ich wüsste«, erwiderte Julia und zuckte mit den Schultern.

Über drei Wände erstreckte sich ein bis an die Decke reichendes und mit Aktenordnern befülltes Regal, aus dem Herr Zacher einen herauszog und auf den Tisch legte.

»Das BfA ist unter anderem für die Zulassung, Registrierung und Risikoüberwachung bei Medikamenten zuständig. Hier wird der Nachweis der Wirksamkeit, die Unbedenklichkeit und die pharmazeutische Qualität geprüft. Das ist auch gut so. Leider gibt es das nicht für Implantate, diese werden ja *auch lediglich* in einen menschlichen Körper verpflanzt und können nicht, wie ein unverträgliches Arzneimittel einfach abgesetzt werden.«

»Aber wenn dieser Missstand schon lange bekannt ist, warum reagiert oder besser gesagt agiert dann niemand?«, fragte Julia.

»Wie Sie sich denken können, ist das Thema ein Steckenpferd von mir, es betrifft ja nicht nur Deutschland, sondern ganz Europa, und einige Implantate werden auch weltweit exportiert. Hier, schauen Sie mal …« Er zog weitere Ordner aus dem Regal, schob einige andere zur Seite und blätterte um.

»Mangelhafte Brustimplantate in Frankreich – fehlerhafte Hochrisikoprodukte in England: Die Zulassung von Hochrisikoprodukten, dazu gehören

Implantate, Herzschrittmacher und Gefäßstützen, bedarf lediglich des CE-Kennzeichens. Bei den Prüfstellen handelt es sich um akkreditierte Unternehmen.« Zacher klappte den Aktenordner zu und stellte ihn zu den anderen ins Regal zurück.

»Dann muss es wohl einflussreiche Personen geben, die eine prüfende Stelle zu verhindern wissen – warum auch immer.« Hermann Zacher stand auf, ging um seinen Stuhl und trat vor Julia.

»Ich werde mich weiterhin mit einem ganz besonderen Augenmerk der Sache annehmen, das kann ich Ihnen versprechen. Hand auf´s Herz ... So wie Sie wahrscheinlich auch, Frau Hoven, Starreporterin des Berliner Anzeigers ...« Zwinkernd und mit einem kräftigen Händedruck verabschiedete er Julia.

Kapitel 14

»Jetzt stell dich nicht so an! Los, aufstehen. Du kannst deine Klamotten selbst einpacken. Der Arzt sagt, du bist wieder fit.« Julia kniff Felix in den Arm. Das hatte er sich durch sein breites Zahnpastawerbegrinsen mehr als verdient.

»Aua, hey ich dachte du könntest mich noch ein bisschen pflegen. Ich bin doch ein armer, kranker Mann, guck …« Felix legte sich mit seiner Outdoorbekleidung auf das Krankenbett und verzog sein Gesicht zu einer leidenden Miene.

»Quatsch keine Opern, du armer Kerl, wir haben viel Arbeit vor uns. Ach ja, ist der Schlüssel wieder, ähm … zum Vorschein gekommen?« Felix erhob sich widerwillig, ging in Richtung Badezimmer und sagte:

»Bei dem Essen hier? Nö, aber das wird s-s-s-schon.«

Julia ging voraus auf den Krankenhausflur. Als sie an einer Tür vorbei kam, die ein Stück weit geöffnet war, hörte sie:

»… das fällt nicht in Ihr Ressort.« Julia versuchte, die Personen auszumachen, doch der Schreibtisch und die Stühle standen verdeckt hinter der Tür.

»Denken Sie dran, Sie haben sich auf den Chefarztposten beworben.« Julia rückte näher.

»Schon, aber nicht um jeden Preis.« *Robert?* Julia erkannte sofort seine Stimme.

»Preis? Ha«, lachte der Gesprächspartner höhnisch,

»Sie haben doch in dieses dubiose Börsengeschäft investiert und wollten mir das noch als Geheimtipp unterjubeln, oder?«

»Daraus können Sie mir keinen Strick drehen, es geht schließlich um die Hüftimplantate und nicht darum, ob ich finanziell abgesichert bin.«

»Wenn ich Sie daran erinnern darf, haben Sie auch unterschrieben.«

Was zur Hölle?... Chefarztposten? Verspekuliert? Unterschrieben? Julia schüttelte den Kopf, es durfte einfach nicht wahr sein. Sie versuchte sich ihre eigenen Gedanken auszureden, zu widerlegen, Erklärungen zu finden.

Die Hand auf Julias Schulter versetzte sie dermaßen in Schrecken, dass sie sich umdrehte und Felix einen Hieb in die Seite verpasste.

»Herrgott noch mal«, rief er perplex.

»Entschuldigung, das war Reflex, du hast mich zu Tode erschreckt.« Julia streichelte Felix' Wange.

»Ja, genau da kannst du weiter m-m-machen. Noch ein bisschen tiefer«, lachte Felix und führte Julias Hand.

»Lümmel«, erwiderte Julia, schlang ihre Arme um seinen Hals und drückte ihm einen Kuss auf die Wange. Just in dem Moment wurde die Tür ruckartig geöffnet.

»Julia? Was? ...«, war das Erste, was Robert hervorbrachte.

»Das ist nicht so wie es aussieht«, stammelte Julia und merkte, wie ihr das Blut in die Wangen schoss. Sie ließ von Felix ab und wandte sich Robert zu.

»Wie lange steht ihr hier schon… ich meine, wo wollt ihr denn hin?«

»Wir sollten uns unbedingt treffen. Ich muss einiges mit dir besprechen«, sagte Julia wieder gefasster. Robert nahm ihre Hand und streichelte sie.

»Egal was du gehört hast, ich kann es dir erklären, vertrau mir.« Julia sah ihm einen Moment tief in die Augen. Felix drehte sich ab und ging einige Schritte weiter.

»Ich habe jetzt leider keine Zeit mehr. Ich muss mich auf eine OP vorbereiten. Wir telefonieren, ja?« Robert drückte Julia kurz an sich, küsste sie und verabschiedete sich auch im Vorbeigehen von Felix.

»Eifersüchtig, der s-s-schöngeborene Doc, was? Los erzähl, was hast du gehört?«

»Später«, erwiderte Julia etwas desorientiert. Auf dem Weg zum Ausgang machten sie noch einen kleinen Umweg über die Intensivstation. Vor der Tür saß ein Polizeibeamter, der in eine Motorradzeitschrift vertieft war. Julia ging zielstrebig auf eine junge Ärztin zu, die gerade herauskam.

»Guten Tag, wie geht es Frau Schröder?«

»Darüber darf ich Ihnen keine Auskunft erteilen, oder sind Sie verwandt?« Julia verneinte und erklärte ihr Verhältnis zu der Oberschwester.

»Ach sie sind die Lebensretter. Okay, ausnahmsweise. Die Kopfverletzung war schwerer als gedacht, daher hat der Chefarzt angeordnet, das künstliche Koma zu verlängern. Die langfristige Prognose ist aber positiv.« Julia und Felix verabschiedeten sich und machten sich auf den Weg zum Parkplatz.

»Ich habe mit Bartholomäus Zaunbrecher telefoniert, der hat die Verschlüsselung geknackt. Wir s-s-s-sollten ihm einen Besuch abstatten, ich rufe ihn s-s-schnell an, was meinst du?«

Julia schlug auf ihr Autoradio, das seine Betätigung nur nach dieser gewaltsamen Aufforderung fortsetzte.

»Bartholomäus Zaunbrecher?«

»Ja, oder Big Bill«, lachte Felix.

»Fühlst du dich denn schon wieder so fit, dass wir gleich in die Vollen gehen können?«, fragte Julia und schlug ein zweites Mal auf den Kasten.

»Du hast doch s-s-selbst gesagt, dass ich wieder fit bin, also dann.«

»Gib dem Handschuhfach bitte mal einen Tritt«, forderte Julia auf.

Sie musste Felix nicht lange bitten und der Deckel sprang, nach dem stürmischen Kontakt mit seinem Fuß, auf.

»Ein SM Fahrzeug, verstehe. Aber nicht dass du denkst, ich brauche jetzt auch öfter eine Ohrfeige, ich bewege mich auch s-s-so«, scherzte er und nahm den Kaugummi, den ihm Julia unter die Nase hielt, dankend entgegen.

Der in der Szene berühmte Hacker Bartholomäus Zaunbrecher, oder kurz "Big Bill" genannt, hatte sein Domizil in Kreuzberg, nahe dem Viktoriapark. Warum er diesen Spitznamen trug, wurde Julia sofort nach dem Öffnen der Tür klar. Das "Big" war augenscheinlich nicht zu leugnen und sie fragte sich, ob seine Arme lang genug waren, um den Abstand, den sein Bauch bis zur Tastatur auf dem Tisch erzeugte, überbrücken zu können. Als Laufen konnte man den Gang von Bill nicht bezeichnen, der sich schwankend von einem Bein auf das andere fallen ließ und zurück in den 3XL Chefsessel plumpste.

»Na, immer noch draußen?«, frotzelte Felix, der einige Pizzaschachteln auf einem alten Sofa zur Seite schob und Julia bedeutete, Platz zu nehmen.

»So schnell kriegen die mich nicht mehr dran.« Dabei fielen Big Bill die restlichen Krümel des Burgers aus dem Mundwinkel, den er zuvor verspeist haben musste. Ein kleiner Rest davon lag auf einer Zigarrenschachtel neben der Tastatur.

»Bist du ein Trekkie?«, wollte sich Julia in das Gespräch mit einbringen, als sie die lebensgroße Star-Trek-Puppe von Mr. Spock in der Ecke stehen sah. Erst jetzt registrierte Big Bill die Begleitung von Felix, gab seinem Bürostuhl einen Schubs, sodass er sich zu Julia drehte, und musterte sie von oben bis unten.

»Zuckerschneckchen, was? Wo haste denn die aufgegabelt?«, fragte er zu Felix gewandt.

»Der ist kein Trekkie, der hat nur ein Fable für Außenseiter wie Frankenstein, Nummer Fünf und vor allen Dingen für Free Willy, ne Kleiner?« Felix gab Bill einen beherzten Klatsch auf die Schulter, und zeitgleich erzitterten die Speckrollen des Hackers unter dem T-Shirt.

»Wir haben s-s-schon die verrücktesten Partys auf der Dachterrasse gefeiert. Bill ist berühmt für s-s-seine Barbecue Feten.«

»Auf einem Altbau gibt es eine Dachterrasse?«, fragte Julia.

»Yes«, mischte sich Bill ein, »und was für eine. Das ganze Haus gehört zwei coolen Socken. So Yuppies, die haben das geerbt und einiges umgebaut. Die wohnen ganz oben, sind aber fast nie zuhause.«

»So, und nun m-m-mal Butter bei die Fische. Du hast die Daten entschlüsselt?« Felix stützte sich auf den überdimensional großen Schreibtisch, auf dem sich neben Lebensmittelresten auch sechs Bildschirme befanden.

»Ein Kinderspiel, warte, wo ist denn der Stick …« Bartholomäus rollte mit dem Sessel über die tiefen Furchen der PVC-Beschichtung. Schwerfällig erhob er sich aus dem Sitz, zog Mr. Spock am spitzen Ohr, der daraufhin den Arm zum Gruße hob und den USB-Stick fallen ließ.

Plötzlich setzte ein ohrenbetäubendes Heulen einer Sirene ein. Gleichzeitig begann eine rote Signalleuchte hektisch zu blinken.

»Was ist los?«, fragte Julia erschrocken. Big Bill, der den USB-Stick fallen gelassen hatte, rollte zu seinen Bildschirmen zurück und begann fieberhaft auf die Tastatur einzuhacken.

»Scheiße, wer sind die denn? Ist euch jemand gefolgt?«

»Keine Ahnung, mir ist nichts aufgefallen.« Felix sprang mit drei Schritten zu Mr. Spock, hob den Stick auf und steckte ihn in seine Jackentasche.

»Die zwei Typen sind gleich oben. Die sehen nicht sehr freundlich aus«, sagte Bill und drückte auf einen grünen Knopf. Im gleichen Moment schob sich ein großer

Eisenriegel vor die Eingangstür. An der gegenüberliegenden Wand sprang eine Tür auf, die hinter einem Regal zuvor nicht als solche zu erkennen gewesen war. *Das glaubt mir kein Mensch, James Bond lässt grüßen.*

»Los, kommt mit!« Mr. Big schnappte sich zwei Tafeln Schokolade, eine Flasche Cola und rollte in den gerade geöffneten Raum. Im nächsten Moment ertönte die Türklingel. Bill betätigte im Inneren einen weiteren Knopf und die Tür wurde hinter ihnen wieder verschlossen.

»Könnte es nicht sein, dass diese Reaktion etwas übertrieben ist?«, durchbrach Julia die Stille in der etwa vier Quadratmeter großen Rumpelkammer ohne Fenster.

»Lass mal, Julia, Big Bill hat da s-s-so seine Erfahrungen, und das, was uns in letzter Zeit alles passiert ist, war auch kein S-S-Spaziergang.«

»Also - ich kann die Typen nicht einordnen, die müssen wegen euch hier sein ... obwohl?«, folgerte Bartholomäus und biss genüsslich in eine Tafel Schokolade, die er wie eine Scheibe Brot in der Hand hielt und deren Papier er bis zur Hälfte herunter gefaltet hatte. Der Hacker griff unter seinen Sessel und zog eine "Helfende Hand" hervor, ein Utensil, das Julia von älteren Menschen kannte, die es benutzten, um sich den Alltag zu erleichtern. Er drückte damit auf einen Schalter in der Wand, und aus der Decke schob sich ein großer Bildschirm nach unten. Julia setzte sich auf die Matratze in der anderen Ecke der Kammer, die zu ihrer Überraschung neu, oder zumindest gepflegt aussah. Julia fokussierte den Monitor, der ein viergeteiltes Bild zeigte. Der Hacker musste vier Kameras im Wohnzimmer so platziert haben, dass sie jetzt Aufnahmen aus den unterschiedlichen Perspektiven lieferten.

Julia wischte sich den Schweiß von der Stirn. *Ist es nur mir so heiß? Nicht einmal Big Bill schwitzt.* Die Kameraperspektiven zeigten den Schreibtisch, die Eingangstür, das Fenster und das Regal, das sich wieder vor die Geheimtür geschoben hatte. Außer dem Mobiliar war nichts zu sehen.

»Ha, ich bin auf alles vorbereitet«, flüsterte Big Bill mit vollem Mund und machte sich daran, die zweite Tafel von der Verpackung zu befreien.

»Vielleicht hat Julia recht, die sind harmlos und....« Die Hypothese von Felix wurde durch einen ohrenbetäubenden Knall unterbrochen, der das kleine Zimmer zum Beben brachte. Bartholomäus, der vor Schreck den Rest der Schokolade fallen ließ, hielt sich mit einer Hand das Ohr zu und betätigte mit der anderen den Lautstärkeregler am Monitor, der momentan nur ein flimmerndes Bild zeigte.

Der Lärm und der Schreck fuhren Julia so dermaßen in den Bauch, dass ihr übel wurde.

»S-S-S-Scheiße, was war das?« Auf diese Frage bekam Felix keine Antwort, sondern nur ein zitterndes Schulterzucken von Bill. Julia kauerte sich nun noch dichter in die Ecke und umklammerte aufgeregt ihre angezogenen Knie.

»Was können wir tun? Das ist doch ausgesprochener M-M-Mist, wir s-s-s-sind hier drin gefangen wie ein Falter unterm Lampenschirm«, äußerte Felix aufgeregt.

»Immer mit der Ruhe«, raunzte Bill und rollte näher an den Bildschirm.

»Hier drin hat mich noch keiner gefunden, also seid still.«

Julia wusste genau, was passieren würde, wenn sie nicht baldmöglichst diesen engen Raum verlassen konnte. Daher waren ihre Gedanken an die möglichen Verfolger vor der Tür nur noch nebensächlich. Die Wände schoben sich Zentimeter für Zentimeter enger zusammen. Bis Felix neben Julia Platz nahm, hatte sie nicht bemerkt, dass sie die Luft anhielt. Während sie sich wieder auf ihre Atmung konzentrierte, flackerte der Monitor kurz auf und zeigte dann die Aufnahmen der Kameras. Vom Schreibtisch, auf dem ein heilloses und größeres Durcheinander herrschte als zuvor und dem Fenster – ohne Veränderung. Allerdings wusste Julia derzeit nicht, was schlimmer war: das, was Kamera drei gegenwärtig zeigte oder das, was Kamera vier nicht zeigte.

Julias Atmung wurde schneller. Je intensiver sie an die Decke starrte, um so eindeutiger kam diese näher. Kalter Schweiß bildete sich auf Julias Stirn und tropfte an ihren Schläfen herab. Imaginäre Fesseln schnürten sich langsam um ihren Brustkorb. Sie zogen sich zusammen und zerquetschten ihren Oberkörper. Das Vakuum in ihrem Kopf machte einer schwarzen, dicken Dunstwolke Platz. Die Moleküle zerbröckelten in ihrem Gehirn und schossen in die Atemwege.

»Julia, was ist los, du zitterst ja am ganzen Leib?«, fragte Felix besorgt.

»Kann nicht … enge Räume … Erlebnis … ich muss raus hier, sofort!«

»Das geht jetzt noch nicht«, fauchte Big Bill und winkte ab.

Da, wo zuvor noch die verriegelte Eingangstür gewesen war, konnte man jetzt bis ins Treppenhaus blicken. Zersprengte Putzbrocken waren überall verteilt. Die Staubschwaden verdunkelten das Bild und rieselten nur langsam zu Boden. Allerdings empfand Julia das, was Kamera vier zeigte, die das Regal im Fokus hatte, noch viel bedrohlicher. Ein Flimmern. Die Einbrecher waren nicht zu entdecken. Geräusche konnten die Flüchtlinge auch nicht vernehmen. Nichts, vollkommene Ruhe. Julia kauerte in der Ecke. Auch die freundschaftliche Umarmung von Felix konnte sie nicht beruhigen.

Durch den Lautsprecher im Monitor waren jetzt neben scheppernden und klirrenden Geräuschen Stimmen zu hören.

»Was für ne Drecksbude … wo ist der Scheiß?«

»Lass uns die Festplatten löschen, dann hat sich das erledigt«, sagte eine andere Stimme.

Die Kamera, die auf den Schreibtisch gerichtet war, zeigte zwei dunkel gekleidete Männer, deren Gesichter nicht genau zu erkennen waren. Einer beugte sich über die Tastatur und tippte wild darauf herum. Der andere schob eine CD ins Fach und sagte:

»So kann auch kein Spezialist der Welt die Daten wieder herstellen«. Dabei lachte er höhnisch.

»Dieses Spektakel m-m-m-muss doch jeder hier im Haus gehört haben, es wundert m-m-mich, dass keiner deiner Nachbarn die Polizei oder Feuerwehr verständigt«, flüsterte Felix nervös.

»Hier im Haus?« Der Hacker machte eine abwertende Handbewegung.

»Vergiss es. Erstens sind nicht alle Wohnungen vermietet, und zweitens rufen die, die hier wohnen, niemals freiwillig die Polizei. Und jetzt Ruhe.«

Die Atemübungen brachten nicht den gewünschten Erfolg und Julia hyperventilierte. Felix suchte sofort nach einer Tüte, aber das einzige, was er fand, waren die Verpackungen der Süßwaren und die Colaflasche. Er hob das Papier auf, legte beide gekreuzt übereinander und faltete sie so, dass die Öffnung noch genug Platz für Julias Nase und Mund bot. Es dauerte nicht lange und Julias Atmung normalisierte sich.

»Danke, Felix«, murmelte sie und streichelte über seine Hand, die auf ihrem Knie lag.

Als sie nach zwanzig Minuten nichts mehr hörten und auf den Monitoren keine Personen mehr ausmachen konnten, meldete sich Bill:

»Wir könnten jetzt einen Versuch starten, was meint ihr?« Felix sah zu Julia, die immer noch schweißgebadet in der Ecke des kleinen Verstecks hockte.

»Ja, mach auf«, erwiderte er. Bill drückte auf einen Knopf, und die Tür öffnete sich mit einem lauten Knarren.

Langsam trauten sie sich aus ihrem Unterschlupf und sahen das komplette Chaos. Mr. Spock lag mit zertrümmertem Schädel und abgerissenem Arm auf dem Boden. Papierschnipsel und die Überreste der Pizzakartons waren ringsum verteilt. Die Hängeregale von den Wänden gerissen, die Schubladen durchwühlt und die Bildschirme zersplittert. Big Bill rollte über die Scherben und sagte:

»Kein Problem, ich bin ja nicht bescheuert, hab alle Daten zur Sicherheit auf externen Festplatten gespeichert und die haben sie nicht gefunden. Damit ist aber immer noch nicht klar ob sie tatsächlich was von mir wollten.« Er sah Felix fragend an.

Kapitel 15

»Was hattest du denn für ein Erlebnis, dass du s-s-so klaustrophobisch reagierst?«, wollte Felix wissen, als sie noch in der Eingangstür standen.

»Ich war ungefähr sieben Jahre alt und spielte mit meinen Freunden Fußball im Park. Plötzlich stolperte ich, kugelte in eine ungesicherte Baugrube und fiel kopfüber in ein Rohr, das gerade groß genug war, um meinen damals kleinen Körper mit Schwung aufzunehmen. Doch ohne fremde Hilfe wäre ich da nie wieder herausgekommen. Die Feuerwehr musste bei der Befreiung sehr behutsam vorgehen und so steckte ich, von Ungeziefer gepeinigt, für einige Stunden in einem dunklen, engen Loch.«

»Das kann ich verstehen, so eine Erfahrung ist prägend«, sagte Felix mitfühlend.

»Hast du den Stick?«, fragte Julia.

»Ja, hier.« Felix zog ihn aus seiner Jackentasche. Im gleichen Augenblick setzten zwei Männer auf der anderen Straßenseite zu einem Sprint an. Julia und Felix drehten auf dem Absatz um und spurteten wieder zurück ins Treppenhaus. Sie hasteten die Stufen nach oben. Julia rannte, so schnell es ihr möglich war, doch Felix war schneller und eine halbe Etage über ihr. Sie blickte nach unten. Der erste der beiden Verfolger war bereits im dritten Stockwerk angelangt. Julias Herz klopfte spürbar in ihrer Halsschlagader. Das Pochen breitete sich in ihrem Schädel aus und drohte zu explodieren. Sie zog sich am Geländer nach oben und flitzte weiter, ohne sich nochmals umzudrehen. Julia war fast in der oberen Etage angelangt. »Renn«, schrie Felix und drückte eine schwere Tür auf. Doch gerade als Julia den Fuß auf die oberste Stufe setzte, wurde sie von hinten am Bein gepackt und stürzte. Sie strampelte und trat mit dem freien Fuß gegen den Unbekannten. Als Felix ihr zu Hilfe eilen wollte, drehte sie sich schlagartig um und gab ihrem Verfolger einen heftigen Tritt in die Weichteile. Dieser schrie auf und ließ Julias Bein los. Felix zog Julia an der Hand nach oben und schloss die schwere Tür.

»S-S-Such mal etwas zum Verbarrikadieren«, keuchte Felix und lehnte sich dagegen. Julia rannte über die große Dachterrasse, auf der einige Liegestühle und Blumenkübel standen. Das Hämmern von der anderen Seite der Tür war so heftig, dass Felix geschüttelt wurde. Julia eilte zu ihm und lehnte sich zur Verstärkung neben ihn.

»Und jetzt?«, keuchte sie. Sie rammten die Beine in den Boden, doch es half nichts. Als der zweite Mann die Wucht auf der anderen Seite verstärkte, wurden sie weggestoßen, und die Tür sprang auf.

Julia rannte auf die Seite der Blumenkübel und Felix in die andere Richtung. Die Verfolger teilten sich auf und jagten den beiden hinterher. Nach ein paar Schritten packte der stämmige Kerl Julia an den Schultern und drehte sie um. Sie sah direkt in seine grünen Augen. Er hatte keine Narben, keine Tätowierungen auch keine hässliche Fratze. Nichts von dem, was Vorurteile schüren würden, konnte Julia entdecken. Nur seine verzerrte Grimasse deutete in dieser Situation auf einen bösartigen Menschen hin. Julia holte aus und trat gegen sein Schienbein. Er musste diese Reaktion geahnt haben, denn er hob reflexartig sein Knie zur Abwehr. Julia schlug mit aller Kraft ihre Fäuste gegen seinen Oberkörper.

»Du Mistkerl, lass los. Hilfe, Hilfeee!«

Er packte Julias Arme mit festem Griff, drehte sie ihr auf den Rücken und schob sie in Richtung Dachabgrenzung. Auf der circa ein Meter hohen Mauer war an der Kante ein geschwungenes Geländer angebracht. Julia drehte sich und zerrte mit ihren fixierten Händen in die entgegengesetzte Richtung. Sie beugte den Kopf nach vorne und holte Anlauf. Mit voller Wucht stieß sie ihren Schädel nach hinten. Es war ihr in dem Moment egal, ob sie sich selbst damit verletzten würde, egal wo sie den Mann hinter ihrem Rücken treffen würde und egal was danach passieren könnte.

»Drecksstück«, fluchte der Peiniger, ließ eine Hand los und riss ihren Kopf an den Haaren nach hinten.

»Ich habe den Stick!«, rief Felix' Verfolger.

Der dunkelhaarige Mann ließ von Julias Haaren ab und umklammerte jetzt mit beiden Händen ihre Oberarme.

»Hilfe. Felix!« Von Felix war nichts zu sehen oder zu hören, allerdings tauchte jetzt dessen Verfolger neben Julia auf. Der kleine, glatzköpfige Typ packte Julia am Hals und würgte sie.

»Das geht einfacher, los, hoch mit der Braut«, sagte der andere. Sie hoben Julia auf die Mauer.

Sie zappelte und wollte sich losreißen, doch es gelang ihr nicht, die Unbekannten waren stärker. Der Abgrund rückte näher – noch ein Schritt. Julia sah jetzt in die verzerrten Gesichter ihrer Peiniger. Die Männer hatten die Arme und Oberschenkel von Julia fest im Griff, hievten sie nach oben und verpassten ihr einen heftigen Stoß über die Brüstung. Sie kippte nach hinten und stürzte ab.

Ob es tatsächlich so sein würde, dass in den letzten Sekunden das ganze Leben an einem vorbeizog? Wie lange ein Körper von hier oben brauchte, bis er auf dem Asphalt aufschlug? Und wie lange ihre Kräfte ausreichen würden – dachte Julia, als sie sich an einem kleinen Mauervorsprung festkrallte. Sie versuchte, mit ihren Füßen Halt zu finden, doch das Fenstersims der Wohnung unter ihr war viel zu weit entfernt. Sie sah nach oben, konnte aber niemanden ausmachen, die Unbekannten waren verschwunden.

»Hilfe«, stieß sie hervor – keine Antwort. Sie blickte nach unten auf die Straße, kein Mensch in Sichtweite. Ihre Finger schmerzten, die scharfe Kante bohrte sich ins Fleisch. Sie versuchte, sich hochzuziehen und mit den Füßen an der Hauswand abzustützen. Ihr Körper würde in die Tiefe stürzen und auf dem Boden aufschlagen. Ihre Knochen würden zersplittern. In Sekundenschnelle wäre ihr Leben ausgelöscht. Sie suchte entlang des Mauerwerks nach einer Möglichkeit, einem Ausweg. An dem Altbau waren Verzierungen auf der Hauswand angebracht. Sie holte Schwung und streckte ihre Füße aus, um die floralen Ornamente zu erreichen, es fehlten jedoch einige Zentimeter. Die Innenflächen ihrer Hände wurden aufgerissen und die Schmerzwelle marterte ihren Körper. Die Finger waren zu schwach, um die Last zu halten. Eine Hand rutsche ab.

»Festhalten!«
Felix steckte seine Arme durch den Spalt zwischen Mauer und Geländer und griff nach Julia. Sie nahm die andere Hand wieder zu Hilfe und hielt sich an dem schmalen Vorsprung fest. Felix zog mit ganzer Kraft und Julia mobilisierte ihre letzten Reserven. Es half nichts, sie glitt wieder ab. Felix sah sie an, sie wusste in diesem Augenblick, dass jegliche Bemühungen scheitern würden. Die gerade aufgekeimte Hoffnung verschwand. Das Blut aus den tiefen Schnitten in ihren Händen rann an ihren Armen herab. Felix wollte nicht aufgeben, lehnte sich weiter zu ihr nach unten und griff nochmals beherzt zu.

»Nicht aufgeben, Julia! Los, zieh!« Doch sie hatte keine Kraft mehr.

In dem Augenblick, als Felix Hände nur noch ihre Finger quetschten, tauchten zwei Männer hinter ihm auf, packten Julias Arme und schoben Felix zur Seite. Einer hielt sie fest, der andere kletterte über die Brüstung und zog Julia über das Geländer nach oben.

»Mensch, Frau Hoven, das war knapp.«

»Danke«, presste Julia heraus und sah zu Kriminalhauptkommissar Lenz und seinem Kollegen auf.

»Aber wie… woher wussten Sie?«

»Ein Bewohner hier im Haus hat angerufen. Nach langem Zögern hat er seinen Namen genannt: Bartholomäus Zaunbrecher. Und als der Name Felix von Westheim fiel, habe ich der Zentrale über Funk mitgeteilt, dass wir die Sache übernehmen. Ich denke, Sie müssen uns jetzt noch einiges erklären, Frau Hoven.« Felix half Julia auf ihre zittrigen Beine.

»Wir s-s-sollten aber erst einen Arzt aufsuchen«, sagte Felix und legte seinen Arm um Julias Schulter.

»Wir müssen sofort handeln. Erklären Sie uns bitte das Wichtigste hier und den Rest morgen in meinem Büro.«

Nachdem Julia ärztlich versorgt worden war, brachte Felix sie in ihre Wohnung.

»Was zum Teufel ist denn hier s-s-schon wieder passiert«, fragte Felix aufgeregt.

Die Wohnungstür war zerkratzt und stand halb offen. Das Türschloss baumelte an der letzten Schraube unter dem Knauf. Julia war geschockt über das erneute Chaos. Sie stieg über die Papierflut, die auf dem Boden verteilt lag, und setzte sich auf das aufgerissene Sofa.

»Es wird uns nichts anderes übrig bleiben, wir m-m-müssen unbedingt m-m-mit der Polizei zusammenarbeiten.« Julia sah Felix an, hatte aber momentan keine Kraft, um zu antworten.

»Ich mach uns m-m-mal einen Kaffee«, sagte er und ging in die Kochecke. Sie betrachtete die durchwühlten Schubladen, die herausgezogenen Ordner und das zerknüllte und zerfetzte Papier auf dem Boden.

»Ich muss eine rauchen.« Julia kramte ihre Zigaretten aus der Handtasche und ging in Richtung Schlafzimmer, um auf den Balkon zu gelangen. Verwirrt stieg sie über die Kleidungsstücke, die kreuz und quer im Raum verteilt lagen und öffnete die Tür zur Loggia. Nach einigen Minuten kam Felix hinterher, balancierte zwei volle Tassen Kaffee bis zu dem kleinen Klapptisch in der Ecke und stellte sie ab.

»Danke«, sagte Julia und machte einen tiefen Zug an ihrem Glimmstängel.

»Bitte … wir m-m-müssen mit Kommissar Lenz zusammenarbeiten, jetzt wird es wirklich gefährlich.« Felix rührte in seinem Kaffee und sah Julia fragend an.

»Ja, du hast recht. Jetzt reicht es. Und diesmal wurde meine Wohnung aufgebrochen, also muss es sich wieder um andere Täter handeln«, seufzte Julia und trank einen Schluck.

»Lieber eine S-S-Strafe für den Datenklau kassieren, als ... Obwohl, bei dem Chaos können wir eventuell einige "Kleinigkeiten" verschweigen.«

Julia konnte durch das Balkongeländer von ihrem Klappstuhl aus einen Teil des Eingangsbereiches von Roberts Villa einsehen. Sie stand abrupt auf und lehnte sich an die Balustrade.

»Hörst du m-m-mir überhaupt zu?«, fragte Felix, der jetzt auch aufstand und sich neben Julia lehnte. Eine Frau mit Kopftuch und rotem Blazer sprach wild gestikulierend mit Robert. Julia konnte ihr Gesicht nicht erkennen, so weit sie sich auch nach vorne lehnte. Kurz darauf verschwand die Unbekannte in der Haustür. Robert musste sie hereingebeten haben.

»Konntest du die Frau erkennen?«, fragte Julia.

»Nein, keine Ahnung, aber das s-s-sieht nicht nach einem netten Gespräch aus.« Julia setzte sich wieder hin und widmete sich ihrem Kaffee.

»Was ist mit dem Datenstick?«

»Ich habe eine Kopie, kein Problem. Der hat m-m-mir auf dem Dach ordentlich eine verpasst, mir dröhnt der ganze S-S-Schädel. Was der in letzter Zeit aushalten muss. Aber m-m-mal ehrlich - willst du wirklich weiter recherchieren?«

Jetzt aufgeben? Jetzt fangen wir erst richtig an!

»Ich mache weiter, aber ich bin dir nicht böse, wenn du dich ausklinkst.«

Felix zog eine Augenbraue nach oben und setzte sein verschmitztes Grinsen auf.

»Das kommt gar nicht in die Tüte. Wenn du weiter m-m-machst, bin ich dabei, bis zum bitteren Ende. Ha, der Versuch mich ad acta zu legen, ist s-s-somit gescheitert. Aber du wohnst ab jetzt entweder bei Robert oder bei mir, bis die Sache geklärt ist.«

Das Läuten an der Haustür unterbrach ihr Gespräch. Julia erschrak und sah zu Felix.

»Bleib s-s-sitzen, ich schau mal nach, wer das ist.« Nach einigen Minuten kam er zurück.

»Komm mal bitte m-m-mit ins Wohnzimmer, du hast Besuch.« Julia runzelte die Stirn, stand ohne zu fragen auf und folgte Felix.

»Guten Tag, Frau Hoven.« Ein junges Mädchen putzte sich ihre Hände an der zerschlissenen Jeans ab und gab Julia die Hand.

»Mein Name ist Elena, ich bin die Tochter von Kati Schröder.« Sie schüttelte den Kopf und sah Julia verzweifelt an.

»Setz dich, was ist passiert?« Die Hände der etwa 16-jährigen zitterten, als sie sich ihre Tränen von der Wange wischte.

»Mama hat vor ihrem Unfall gesagt, wenn was passiert, dann soll ich mich an Julia Hoven wenden. Also meine kleine Schwester Sarah hat bei ihrer Freundin Melanie übernachtet und ist am nächsten Tag auch mit ihr in die Schule gegangen ...« Sie senkte den Kopf und holte tief Luft, »... aber nicht mehr nach Hause gekommen.«

»Habt ihr die Polizei verständigt?«, fragte Julia und setzte sich neben Elena auf die Couch.

»Ja, meine Tante, die sich um uns kümmert, so lange Mama im Krankenhaus liegt, hat sofort eine Vermisstenanzeige aufgegeben, so eine Scheiße, Mann. Meine Schwester ist erst acht Jahre alt.«

»Beruhige dich, wie lange ist das jetzt her?«

»Zwei Tage schon, ja zwei«, erwiderte Elena.

Kapitel 16

Kriminalhauptkommissar Lenz begrüßte Julia und Felix mit einem freundlichen Lächeln, als er den Raum betrat.

»Geht es Ihnen wieder besser, Frau Hoven?«, fragte er und setzte sich hinter einen Schreibtisch, der aus den 70er Jahren übrig geblieben sein musste.

»Ja, danke, Herr Lenz. Alles wieder im grünen Bereich.«

»So, dann schießen Sie mal los. Aber diesmal bitte die ganze Geschichte.« Felix stupste Julia mit seinem Bein unter dem Tisch an.

»Also, Herr Lenz, das ist s-s-so: Wir recherchieren im Bereich Medizinprodukte. Daraufhin konnte auch schon ein Artikel veröffentlicht werden. Eventuell haben Sie von den schadhaften Prothesen gelesen, die dann vom Hersteller zurückgezogen wurden.« Der Kommissar nahm einen Stift und machte sich einige Notizen. *Er nimmt einen Kugelschreiber…*

»Ja, davon habe ich gehört.«

Felix erzählte dem Hauptkommissar die Geschehnisse bis auf einige "kleine Details", die sie selbst belasten könnten.

»Die Daten auf dem Stick wurden Ihnen zugespielt? Aha. Von einem "unbekannten Informanten"? Aha. Was für ein Zufall.« Jedem im Raum war klar, welchen Wahrheitsgehalt Herr Lenz dieser Aussage zuordnete. Julia ging davon aus, dass die Suche nach ihren Verfolgern und demjenigen, der für Kati Schröders momentanen Gesundheitszustand verantwortlich war, Priorität für den Kommissar hatte.

»Ich schicke auch gleich ein paar meiner Männer in Ihre Wohnung, Frau Hoven, und wir werden uns mit der Hausverwaltung in Verbindung setzen«, erklärte Lenz.

»Was aber viel wichtiger ist, wo ist Sarah, die Tochter von Frau Schröder? Konnten Sie schon etwas herausfinden?« Julia lehnte sich nach vorne an den Schreibtisch, legte ihren Unterarm auf die Tischplatte und unterstrich mit dem Klopfen ihres Zeigefingers die Dringlichkeit.

»Ich darf Ihnen keine Auskunft über laufende Ermittlungen geben, das ist Ihnen doch klar. Nur so viel, wir haben die anderen beiden Kinder von Frau Schröder, die zurzeit bei ihrer Tante leben, unter Personenschutz gestellt. Und ich wiederhole mich nur ungern, aber wenn Sie über das Verschwinden von Sarah Schröder nur einen Satz veröffentlichen, lasse ich nicht locker, bis Sie mir Ihren "ominösen Informanten" vorgestellt haben. Ich hoffe, wir haben uns verstanden.«

***

Die verzerrte Stimme am anderen Ende der Leitung kam Julia bekannt vor. Sie hatte allerdings nur einmal das bedauerliche Vergnügen gehabt, einem solchen Klang zu lauschen, und konnte daher nicht einordnen, ob sich eventuell alle Menschen, die einen Stimmenverzerrer benutzten, identisch anhörten.

»Übergeben Sie uns den Schlüssel für das Schließfach im Hauptbahnhof, oder die Tochter von Frau Schröder stirbt.« Julias Hand, in der sie den Hörer hielt, zitterte. Sie sah zu Felix, der ihr am Schreibtisch in der Redaktion gegenübersaß, senkte den Kopf und stellte den Lautsprecher an. Felix kam mit drei Schritten herüber und setzte sich auf die Tischkante.

»Wir melden uns in drei Stunden und geben Ihnen den Treffpunkt bekannt. Wenn wir den Schlüssel nicht bekommen oder Sie die Polizei informieren, ist das Kind tot. Haben wir uns verstanden?« Julia blieb keine Zeit, um zu antworten, denn der Unbekannte hatte bereits aufgelegt. Lehmann, der in der Zwischenzeit von einem Kollegen verständigt worden war, stand neben Felix und bat sogleich beide, ihm in sein Büro zu folgen.

Julia sank auf dem Stuhl, der vor Udo Lehmanns Schreibtisch stand, in sich zusammen. Tränen schossen ihr in die Augen.

»Das wollte ich nicht … Meine Schuld … Kati und jetzt noch ihre Tochter, alles meine Schuld.« Lehmann, der gerade Platz genommen hatte, stand wieder auf, ging zu Julia und legte seine Hand auf ihre Schulter.

»Kati Schröder ist eine erwachsene Frau. Es war ihre Entscheidung, nach Informationen im Krankenhaus zu suchen. Wir hätten schon in der Tiefgarage die Polizei … Wir benötigen jetzt die richtige Taktik für das weitere Vorgehen und dürfen keine Fehler mehr machen. Komm, Mädel, reiß dich zusammen, rauch eine Zigarette und schnäuze dir die Nase, wir sind ja auch noch da.«

Kein Klopfen an der Tür, keine Bestätigung von Dr. Lehmann, und doch wurde die Tür abrupt geöffnet.

»Frau Berger, was wollen Sie denn jetzt. Schon mal was von Anklopfen gehört?« Bettina, die mit einigen Unterlagen unter ihrem Arm in der Tür stand, wartete die letzte Vokabel von Lehmann nicht ab und fiel ihm sofort mit ihrer durchdringenden Stimme ins Wort:

»Ja, Entschuldigung, Chef, aber ich habe das Telefonat mitbekommen und möchte gern meine Hilfe anbieten. Wir … also ich könnte doch sofort einen Aufruf ... das könnte doch noch in die nächste Ausgabe.«

»Wenn wir Ihre Hilfe benötigen, sagen wir Bescheid, Frau Berger. Ich verlange Stillschweigen in dieser Angelegenheit. Es wird nichts veröffentlicht und keine Informationen weitergegeben. Danke, Sie können jetzt gehen.« Udo Lehmann schnalzte kurz mit der Zunge, als Bettina die Tür hinter sich schloss, und wendete sich wieder Julia und Felix zu.

»Jetzt müssen wir mit der Polizei zusammenarbeiten, hierüber brauchen wir nicht zu diskutieren. Wie heißt der Kripobeamte, bei dem Sie heute einen Termin hatten?«

»Aber … okay. Sie haben bestimmt recht. Kriminalhauptkommissar Lenz«, sagte Julia leise.

»Ach was, der Walter ist immer noch bei der Kripo, ich dachte, der ist schon lange im Ruhestand. Die Beamten sind bisweilen damit etwas schneller als wir in der freien Wirtschaft.« Der Chefredakteur griff zum Telefonhörer.

Woher wissen die Entführer, dass wir das Schließfach noch nicht geräumt haben, die müssen uns also ständig beobachten?

»Was ist mit dem Schlüssel?«, flüsterte Julia Felix zu, als Dr. Lehmann telefonierte.

»Verstopfung – tut mir leid.«

»Aber wie sollen wir in drei Stunden,…« Julia unterbrach den Satz, da Lehmann den Hörer wieder auf die Gabel legte.

»So, alles geklärt. Lenz stellt ein Team zusammen, das auf Abruf bereitsteht, und schickt zwei seiner Leute sofort hierher in die Redaktion, die warten, bis die Entführer sich wieder melden.«

»Ähm, Chef ...«, mischte sich Felix ein.

»Wir müssen … also ich brauche erst mal was zum Abführen.« Lehmann grinste.

»Wenn das alles nicht so ernst wäre … Ich schicke gleich einen Praktikanten in die Apotheke.«

Noch zwei Stunden bis zum Ablauf des Ultimatums. Die Kriminalbeamten in Zivil waren bereits in der Redaktion eingetroffen. Felix hatte das Abführmittel eingenommen und hielt sich krampfhaft den Unterbauch.

»Ich glaube, mir wird s-s-schlecht und das Zeug sucht sich einen anderen Ausgang«, sagte er zu Julia gewandt.

»Dann trink doch mal einen Tee zwischendurch. Lehmann sagt, wenn es so nicht funktioniert, müssen wir ins Krankenhaus und du bekommst einen Ein …« Felix fiel Julia ins Wort.

»Nichts s-s-sagen, ich glaube, die Wirkung setzt gleich ein.« Damit rannte er in Richtung Toilette.

Noch eine Stunde und dreißig Minuten. Felix war noch nicht wieder zurück und Julia lief in Gedanken vertieft im Großraumbüro auf und ab. *Die arme Kleine, hoffentlich passiert ihr nichts. Was soll ich nur Kati sagen, wenn sie wieder aufwacht? Die Entführer beobachten uns und wissen über jeden unserer Schritte Bescheid. Dann wissen sie auch, dass hier zwei Kripobeamte sitzen. Mist, wenn wir gleich bei der Polizei das Schließfach erwähnt hätten … Was soll ich tun, was ist richtig? Auf Lehmann ist Verlass, er kennt Lenz von früher.* Julia trank eine Tasse Kaffee nach der anderen, setzte sich hin und stand wieder auf. Im Großraumbüro herrschte angespannte Stimmung. Alle Telefone, bis auf Julias Apparat, waren auf die Zentrale umgestellt. Die Mitarbeiter blickten fokussiert auf ihre Bildschirme.

Bettina trat neben Julia:

»Wenn ich dir irgendwie helfen kann, das meine ich jetzt ernst, dann sag Bescheid. Es tut mir leid, dass ihr in so einem Schlamassel gelandet seid.« Bevor Julia antworten konnte, kam Felix sichtlich erleichtert von seinem schweren Gang zurück. Dr. Lehmann zitierte ihn in sein Büro.

»Alles wieder da wo es s-s-sein s-s-sollte«, zwinkerte Felix Julia zu, als er wieder aus Lehmanns Büro kam. Noch eine Stunde bis zum Termin. Der Chefredakteur lief mit Jacke bekleidet an Julia und Felix vorbei und verließ die Redaktion.

»Was denn jetzt? Was wollte Lehmann von dir?« Bettina, die immer noch neben Julia stand, sah interessiert zu Felix und konnte seine Antwort kaum erwarten.

»Ja, Felix, was wollte der Chef von dir und wo ist er jetzt?« Als hätte sie einen elektrischen Schlag bekommen, durchfuhr es Julia, als ihr Telefon klingelte. Einer der Beamten stand von seinem Stuhl auf und gab Julia das Okay den Hörer abzuheben.

»Es tut mir leid, dass ich bisher keine Zeit hatte, mich zu melden. Ich würde dich gerne heute Abend einladen, dann können wir reden. Es steht sowieso noch ein Essen aus, nachdem du mich das letzte Mal einfach sitzen gelassen hast. Was meinst du?«

»Robert«, stieß Julia erleichtert aus.

»Danke für die Einladung, aber ich kann leider nicht. Wir haben eine wichtige … ähm ... Redaktionssitzung, und die kann sich sehr lang hinziehen. Ich melde mich bei dir.«

Im gleichen Moment öffnete sich die Eingangstür und Hauptkommissar Lenz betrat das Büro. Bei seiner Körpergröße benötigte er nur wenige Schritte bis zu Julias Schreibtisch.

»Wir haben eine Fangschaltung installiert – ich gehe davon aus, dass es sich um Profis handelt, also wird es nicht viel bringen, dennoch ist es die normale Vorgehensweise. Mein Team steht abrufbereit, wir brauchen nur noch den genauen Treffpunkt. Frau Schröder hat also Daten aus dem Krankenhaus auf eine CD gespeichert und im Schließfach im Hauptbahnhof deponiert. Kann es sein, dass Sie, Frau Hoven und Herr von Westheim, diese wichtige "Kleinigkeit" bei Ihrer Befragung verschwiegen haben?«

Felix senkte den Kopf.

»Ähm, ja, das war dumm. Entschuldigung. Wir … ich habe nicht so weit …« Der Kommissar winkte ab.

»Dafür ist jetzt keine Zeit. Ich habe zwei meiner Kollegen zur Befragung des Personals ins Krankenhaus geschickt. Da wir davon ausgehen, dass einer von Ihnen den Schlüssel übergeben soll, werden wir Sie jetzt zur Sicherheit verkabeln. Also gehen Sie, Frau Hoven, bitte mit der Beamtin in einen Nebenraum, und Sie, Herr Westheim, bleiben hier.« Julia kannte solche Vorgehensweisen nur aus Krimis, allerdings war das nicht gerade ihr Lieblingsgenre.

Noch fünfzehn Minuten bis zum Ablauf des Ultimatums. Dr. Lehmann kam wieder zur Tür herein und begrüßte Herrn Lenz mit einem kräftigen Schlag auf die Schulter.

»Hey alter Junge, ich dachte, du bist längst im Ruhestand.«

»Das Gleiche dachte ich von dir auch. Mensch Udo, lange nichts von dir gehört. Allerdings wäre mir eine Begegnung unter anderen Umständen lieber gewesen. Deine zwei Mitarbeiter treten wohl in deine Fußstapfen, was?« Die Begrüßung wurde durch das Klingeln von Julias Telefon unterbrochen. Als hätte jemand die Pause-Taste am CD-Player betätigt, hielten alle sofort in ihren Bewegungen inne. Der Kommissar gab Julia ein Zeichen, woraufhin sie den Hörer abnahm und gleichzeitig die Mithörfunktion betätigte.

»Sie haben unsere Anweisungen nicht befolgt und die Polizei informiert. Das war´s.«

»Nein, warten Sie! Neeeiiin …« Doch aus dem Mikrofon klang nur noch der immer wiederkehrende Ton, der das Auflegen des Gesprächspartners signalisierte.

Kapitel 17

Wie paralysiert starrte Julia auf das Telefon, doch je länger sie es fixierte, umso verschwommener wurde das Bild. Ihr Schreien, das in ihren Ohren nachhallte, wurde leiser und verstummte.

»... Drei, Sie fühlen sich wohl und öffnen langsam die Augen.« Die beruhigende Stimme von Frau Dr. Seifert führte Julia zurück aus der Hypnose. Die Psychologin sagte kein Wort und ließ Julia Zeit, bis sie selbst zu einem Gespräch bereit war.

»Es war so real, nein... es ist real. Wie konnte ich das nur vergessen oder verdrängen, solche einschneidenden Erlebnisse«, sagte Julia.

»Genau das ist das Charakteristische an der dissoziativen Amnesie. Die Erinnerungslücken entstehen meist im Zusammenhang mit traumatischen Ereignissen. Der Unterschied zur Amnesie ist hierbei, dass die Beeinträchtigungen in Ihrem Gedächtnis reversibel sind. Das heißt, die Erinnerungen können durch eine Therapie oder Hypnose schneller und meist lückenlos wieder abgerufen werden«, erklärte Dr. Seifert.

»Warum haben Sie mich zurückgeholt, gerade jetzt?«

»Ihr Blutdruck und der Puls waren viel zu hoch, was natürlich in Anbetracht der Geschehnisse kein Wunder ist. Sie erleben in Trance alles noch einmal hautnah mit.«

Seifert trat neben Julia und legte zur Kontrolle das Blutdruckmessgerät an.

»Er ist zwar noch erhöht, aber er reguliert wieder.«

Die Schmerzen, die Julias Körper quälten, hatte sie in Trance nicht spüren können, doch jetzt kamen sie unerbittlich zurück und malträtierten sie aufs Neue. Schweißperlen standen auf ihrer Stirn – kalter Schweiß. Die Wolldecke war ein Stück nach unten gerutscht. Sie versuchte, diese wieder hochzuziehen, doch die mit Brandwunden übersäte Hand gehorchte Julia nicht. Dr. Seifert stand auf und ging an ihren Medikamentenschrank.

»Ich gebe Ihnen jetzt eine Spritze, dann geht es Ihnen gleich besser«, sagte die Psychologin und injizierte Julia das Medikament. In Anbetracht ihres Zustandes und des Vertrauens, das Julia Dr. Seifert entgegenbrachte, fragte sie nicht, um welches Mittel es sich handelte.

Das Präparat verfehlte seine Wirkung nicht. Nach einigen Minuten reduzierten sich die Schmerzen auf ein erträgliches Level.

»Ihr Blutdruck ist wieder im normalen Bereich. Ich kann Sie nicht immer wieder in Hypnose versetzen, das ist zu gefährlich. Schlafen Sie jetzt erst mal für ein paar Stunden. Die Praxis ist drei Tage geschlossen, daher erwarte ich keine anderen Patienten.« Julia hatte den Eindruck, dass sie immer tiefer in das Sofa einsank. Das pelzige Gefühl auf ihrer Zunge war unangenehm und erschwerte das Sprechen.

»Was haben Sie mir …« Julia konnte diesen Satz nicht beenden. Ihr fielen die Augen zu.

***

Die unerträgliche Stille herrschte erst seit einigen Sekunden, doch Julia kam es wie eine Ewigkeit vor. Kriminalhauptkommissar Lenz war der Erste, der sich zu diesem schockierenden Anruf äußern konnte:

»Das ist ein Bluff. Glauben Sie mir, die wollen ja schließlich etwas von Ihnen.« Lehmann, Felix und Julia standen wie gelähmt vor dem verhassten Telefon und fanden keine Worte. *Ich wusste es, hätte ich nur auf meine innere Stimme gehört.* Beim ersten Läuten zuckten alle zusammen. Beim zweiten wies Lenz Julia an, das Telefonat entgegenzunehmen. Noch bevor das Klingeln zum dritten Mal ertönen konnte, hob Julia den Hörer ab.

»Ich hoffe, Sie wissen jetzt, wie ernst es uns ist. Sie bekommen noch eine Chance, nur eine, verstanden?«

»Ja, verstanden«, bestätigte Julia.

»Sie … und hören Sie mir gut zu, nur Sie, Frau Hoven, fahren jetzt sofort mit der U-Bahn bis zum Alexanderplatz. Sie erhalten weitere Anweisungen über Ihr Handy. Bringen Sie den Schlüssel in einem verschlossenen Umschlag mit, und wenn wir auch nur einen Bullen oder eine verdächtige Person in Ihrer Nähe sehen, dann ist die Kleine tot, ist das klar?«

»Ja, klar. Sarah gegen den Schlüssel«, wiederholte Julia.

»Halten Sie sich daran.« Als Julia den Hörer auflegte, brach Hektik aus. Der Hauptkommissar telefonierte mit seinem Team im Präsidium. Die Kollegen in der Redaktion erhoben sich von ihren Plätzen, bildeten Gruppen und diskutierten lautstark. Nur Lehmann, Felix und Julia standen immer noch schockiert da und betrachteten das aufkommende Chaos.

»Ich lass dich das nicht alleine durchziehen«, flüsterte Felix Julia ins Ohr.

Die U-Bahn war voll besetzt an diesem Abend. Kein Wunder, denn um diese Uhrzeit hatte die Mehrheit der Berufstätigen Feierabend. *Gutes Timing, deshalb haben die Entführer drei Stunden gewartet.* Julia, die einen Fensterplatz ergattert hatte, saß neben einer Frau im mittleren Alter. Einen Teil ihrer vollgepackten Taschen stellte die Dame auf Julias Oberschenkel ab. Es war Julia in diesem Moment egal, dass die Mitfahrende sie als Abstellfläche benutzte. Sie registrierte auch nicht das Gedränge an den U-Bahn Stationen oder den Schweißgeruch, der in der Luft lag. *Auch wenn die Beamten die U-Bahn Station bewachen, wie wollen sie denn bei dem Gedränge einen Überblick behalten? Wie wird die Übergabe vonstatten gehen? Ob sie das Kind dabei haben? Wenn nicht … übergebe ich den Umschlag mit dem Schlüssel trotzdem?* Queen ertönte in voller Lautstärke, in diesem Ambiente interessierte sich allerdings kein Mensch für Julias Klingelton. Mit einer Hand hielt sie den Umschlag fest umklammert, mit der anderen griff sie nach ihrem Handy, das sich in ihrer Jackentasche befand.

»Sie steigen am Alexanderplatz aus und begeben sich über die tiefer gelegene Querebene zur Station der U-5. Sie wiederholen kein einziges Wort von diesem Telefonat. Sie verhalten sich ruhig und laufen langsam, den Umschlag sichtbar in Ihrer Hand. Nicken Sie, wenn Sie verstanden haben.« Julia gehorchte.

Nachdem Julia ihr Smartphone wieder verstaut hatte, betrachtete sie sich die Gesichter im U-Bahn-Waggon genauer. *Sie sehen mich, genau jetzt, sie beobachten mich, jede meiner Bewegungen. Tiefer gelegene Ebene? Ich kenne mich doch in Berlin nicht aus und schon gar nicht in der U-Bahn Station. Wenn ich jemanden frage?… aber die Entführer denken dann …* Keines der Gesichter kam ihr bekannt vor. Bei dem Gedränge konnte sie allerdings auch nicht alle Fahrgäste gut erkennen. Einige Köpfe, der stehenden Mitfahrenden, die sich in der nächsten Kurve zur Seite neigten, gaben ihr den Blick auf einen Mann frei, der einige Meter entfernt mit dem Rücken zu ihr stand. *Diese Statur? Hellblonde kurze Haare? Aber wo … und wer, ich kann mich auch täuschen.*

Am Alexanderplatz angekommen, hatte sie Mühe, aus der U-Bahn zu steigen, denn die entgegenkommenden Passanten, die bereits eine Traube vor der Einstiegstür gebildet hatten, drängten sie wieder zurück. Rucksäcke wurden an ihre Brust gepresst, Ellbogen schubsten und ein schwergewichtiger Mann trat auf ihren Fuß. Sie sah sich erschrocken um, als sie eine Hand auf ihrer spürte. Eine Frau stieß Julia die spitze Kante ihres Aktenkoffers an die Hüfte. Im nächsten Augenblick wurde ihr der Umschlag entrissen.

»Neeiin«, schrie Julia und stolperte durch das Gedränge aus der U-Bahn. Sie blickte hektisch von Person zu Person. Kinderwagen, Jugendliche – nein. Ältere Herren und Damen, vollgepackt mit Tüten und Taschen – nein. Sie drehte sich um. Ein Zugschaffner, Herren im Businessanzug – nein. *Das darf nicht wahr sein.*

»Der Umschlag ist weg, hören Sie, Herr Lenz? Ich habe keine Ahnung, wer ihn mir weggenommen hat.« Eine Gruppe Punker mit ihren Hunden – nein. Ein Mann mit einem Kind an der Hand, das er hinter sich herzog – nein. *Doch!* Sie lief los, sah nicht mehr nach rechts oder links und rannte dem Mann hinterher. Das Mädchen an seiner Hand drehte sich einige Male um und schrie:

»Nein, nein, nein, lass mich los, geh weg, du bist doof.« *Das sind sie, das müssen sie sein.* Julia spurtete zu dem Kind, das nur noch eine Armeslänge von ihr entfernt war. Sie streckte die Hand aus und wollte das Mädchen an seiner Jacke zu fassen bekommen. Im gleichen Augenblick umringten fünf Polizisten mit ihrer Waffe im Anschlag den Unbekannten, das Kind und Julia. Die Kleine riss sich aus der Hand des Mannes los.

»Sarah«, sagte Julia erleichtert. Das Mädchen sah Julia an.

»Ich dachte, eine gute Fee kennt meinen Namen. Ich heiße nämlich Leonie, und wo ist jetzt meine Puppe, hä?«

Der Mann konnte glaubhaft bestätigen, dass seine Tochter einfach nur bockig war, weil er ihr die gewünschte Barbiepuppe nicht gekauft hatte. Danach verabschiedete sich der Herr und ging mit seiner Tochter an der Hand in Richtung Bahnsteig. Lenz wies seine Männer an auszuschwärmen. Der Kriminalhauptkommissar zog sein Handy aus der Tasche und versuchte gleich darauf, dem Gesprächspartner am anderen Ende der Leitung die Dringlichkeit begreiflich zu machen, alle Züge zu stoppen.

»Das ist mir egal, ob Feierabendverkehr herrscht.... Bis ich bei Ihnen bin und mich ausgewiesen habe, kann es aber schon zu spät sein. Jetzt hören Sie mir mal zu ...« Julia spürte eine Hand auf ihrer Schulter und drehte sich um.

»Felix.«

»Ich hab doch gesagt, dass ich dich nicht im S-S-Stich lasse.«

Ein ohrenbetäubender Knall unterbrach Felix. Aus einem Mülleimer in nächster Nähe schossen meterhohe Flammen. Der schwarze Qualm verbreitete sich in Windeseile in der U-Bahn-Station.

»Sie gehen mit meinem Kollegen, los, raus hier«, sagte Lenz, wies auf Julia und Felix und verständigte sofort die Rettungskräfte. Die übrigen Beamten kümmerten sich um die Evakuierung des U-Bahnhofes.

Der aufkommenden Massenpanik hatten die Beamten nichts entgegenzusetzen und so nahm das Chaos seinen Lauf. Die Menschen liefen wild durcheinander, schubsten andere zur Seite und traten auf Personen, die in dem Tumult gestürzt waren. In dem herrschenden Ausnahmezustand war sich jeder selbst der Nächste. Kurz darauf explodierte ein zweiter Mülleimer.

Julia und Felix hielten sich an der Hand und rannten, wie von Lenz angewiesen, dem Beamten hinterher. Einige eilten panisch an die Notausgänge, wieder andere rannten zum Aufgang, der vom U-Bahnhof zum Alexanderplatz führte. Der Polizist wurde mit einem entgegengesetzten

Menschenstrom mitgerissen und verschwand aus Julias Sichtweite. Das Gedränge wurde größer – Julias Panik auch. Felix drückte Julias Hand immer fester. Sie wurden von allen Seiten angerempelt, geschüttelt. Ein junger Mann quetschte sich von hinten durch das Getümmel und durchbrach Felix' Umklammerung.

»Felix«, schrie Julia, doch er war schon zu weit entfernt. Jeder Versuch, sich aus dem Massenschwarm zu befreien, scheiterte. Sie wurde gestoßen, eingeengt und bekam keine Luft mehr. Sie konnte die aufkommende Hyperventilation kaum noch unter Kontrolle halten. Der Druck auf ihren Brustkorb vergrößerte sich, der Druck in ihrem Magen auch. An der Treppe zum Alexanderplatz angekommen, musste Julia mit aller Kraft dagegen ankämpfen, nicht auch auf die nächste Stufe zu stürzen. Sie hatte keine Chance auszubrechen, keine Möglichkeit, diesem Wahnsinn zu entkommen.

An der obersten Stufe angelangt, griff eine Hand nach ihr und zog sie auf die Seite. Der Polizist brachte Julia zu einem Einsatzfahrzeug.

»Warten Sie hier. Bis Verstärkung eingetroffen ist, muss ich bei der Evakuierung helfen.« Gleich darauf trafen einige Feuerwehrfahrzeuge, Rettungswagen und Busse mit uniformierten Polizisten ein. Julia rannte zu einer älteren Dame, die auf dem Boden lag, und half ihr wieder auf die Beine. Sie hielt die Frau fest, die am ganzen Leib zitterte und wartete, bis einer der Sanitäter ihr die Seniorin abnahm.

Die Menschenmenge oberhalb der Treppe vermehrte sich von Sekunde zu Sekunde. Die Polizisten bahnten sich einen Weg und wiesen die Unverletzten an, den Schauplatz geordnet zu verlassen. Die Sanitäter und Notärzte kümmerten sich um die Verunglückten und die Feuerwehrleute versuchten, mit Helm und Gasmaske ausgestattet gegen den Menschenstrom in die U-Bahn-Station zu gelangen. Julia ging zum Einsatzfahrzeug zurück, lehnte sich an die Tür und überlegte verzweifelt, wie sie helfen könnte, oder ob sie den Rettern dabei nur im Weg stehen würde. Plötzlich tauchte ein Feuerwehrmann vor Julia auf und sah ihr durch seine Maske einen Moment lang direkt in die Augen. *Ich kenne diese Augen, das ist doch…*

Kapitel 18

Julia und Felix standen in einer idyllischen Villen-Wohnsiedlung mit weitläufigen Wald- und Wassergrundstücken.

»Lehmann ist nicht erreichbar. Hast du es noch m-m-mal bei Lenz probiert?«, fragte Felix und zückte seinen Fotoapparat.

»Ja, aber ich hatte auch kein Glück. Er ist bestimmt noch bei der Evakuierung an der U-Bahn-Station. Ich habe im Präsidium eine Nachricht hinterlassen.«

»Ich kann keine Hausnummern entdecken. Was s-s-sagte die Krankenschwester im Elisabethen-Krankenhaus genau?«

»Dreiundzwanzig.« Julia überlegte.

»Oder? … Ich kann mir doch keine Zahlen merken. Wir hätten uns bei der Befragung nicht trennen sollen.«

»Aber s-s-so war doch die Chance viel größer, überhaupt eine Adresse ausfindig zu m-m-machen. Im Krankenhaus nehmen sie das ziemlich genau mit dem Datenschutz. Und ganz nebenbei bemerkt, haben wir es nur m-m-meinem unwiderstehlichen Charme zu verdanken, dass wir diese verwandtschaftlichen Verhältnisse in Erfahrung bringen konnten«, grinste Felix.

»Wir müssen etwas unternehmen, wir können nicht abwarten. Bis wir Lenz erreichen, kann es zu spät sein für Sarah.«

»Also du bist dir ganz s-s-sicher, dass du ihn erkannt hast?«

»Ich habe zwar Probleme mit Zahlen, dafür kann ich mir Gesichter sehr gut einprägen, auch wenn ich sie nur ganz kurz gesehen habe.«

»Da steht´s. Ist aber ziemlich versteckt, das Namensschild. Die Postboten kennen hier wohl jeden persönlich«, bemerkte Felix und drückte vorsichtig die Türklinke an dem Eingangstor nach unten.

»Verschlossen, wir m-m-müssen klettern.«

»Nichts anderes hatte ich erwartet. Schau mal, da sind Kameras, und so wie das hier aussieht, ist bestimmt auch eine moderne Alarmanlage installiert.«

»Egal, wir m-m-müssen es probieren, und wenn die Polizei auftaucht, ist es diesmal s-s-sogar gewollt. Wenn hier gerade die Maler ein- und ausgehen, wie es die Krankenschwester erwähnt hat, dann fallen wir bestimmt nicht auf.«

»Ich glaube aber nicht, dass die über den Zaun klettern«, konterte Julia.

Sie gingen einige Meter weiter um das weitläufige Grundstück. *Wenn er das Kind hier gefangen hält? Wenn er jetzt gerade da ist? Wenn er eine Waffe hat, was haben wir ihm entgegenzusetzen? Egal, wir müssen es versuchen, wir können nicht auf Lenz warten.*

»Hier. Du zuerst, kom-m-m-m, ich helfe dir.« Julia stellte ihre Tasche ab, hielt sich an der Spitze des weißen, gebogenen Metallzaunes fest und stellte einen Fuß auf die obere Querstrebe. Felix griff an ihren Allerwertesten und gab ihr so den nötigen Schwung von unten. Julia überwand, zu ihrem Erstaunen das Hindernis ohne Blessuren. Felix warf ihr die Handtasche zu und kletterte blitzschnell über die weiße Hürde.

Das Wohnhaus war auf dem großen bewaldeten Grundstück noch nicht in Sichtweite.

»Wir schalten besser unsere Handys aus. Was meinst du?«, flüsterte Julia.

»Ja, du hast recht, Lenz und Lehmann wissen Bescheid, wenn s-s-sie unsere Nachrichten erhalten.« Die elegante Villa aus der Gründerzeit wirkte auf dem parkähnlichen Grundstück wie ein repräsentatives Schloss.

»Meine Herrn, der muss ja Kohle haben. Das kann man s-s-sich doch nicht alles nur als medizinischer Klinikleiter leisten oder?«

»Nein, das kann ich mir auch nicht vorstellen. Aber jetzt ist klar, wer an den Implantaten mitverdient. Das werden die Daten auf Katis CD schon beweisen, falls wir die Infos noch irgendwann zu Gesicht bekommen.« Je weiter sie sich dem Haus näherten, umso weniger Deckung boten ihnen die jetzt nur noch vereinzelt stehenden Bäume. Sie rannten zu dem Fliederbusch, der ihnen als letzter Sichtschutz vor der Terrasse diente. Julia blickte an eines der oben gelegenen, gewölbten Sprossenfenster und sah einen Schatten.

»Da oben ist einer!« Gleichzeitig zog sie Felix tiefer ins Gebüsch.

»Versteck dich, ich s-s-schau mal, wie wir ins Haus gelangen können.« Felix wartete, mit Blick auf das oberste Fenster gerichtet, einen Moment ab und spurtete dann zur Villa. Er schlich eng an der Hausmauer entlang um die nächste Ecke. Währenddessen sah Julia sich um und entdeckte am Seeufer einen Steg und ein Bootshaus. *Das wäre doch das ideale Versteck, wir sollten dort* … Ihre Gedanken wurden durch das Winken von Felix unterbrochen. Julia flitzte über den gepflegten Rasen an den Rosenranken vorbei auf die Terrasse.

»Einige Fenster waren gekippt. Ich nehme an, dass die Maler s-s-sie zwecks Lüftung aufgelassen haben. Aber für dich hab ich die Terrassentür geöffnet. Und s-s-so wie es aussieht, ist die Alarmanlage ausgeschaltet«, flüsterte Felix.

Die antiken Möbelstücke waren mit durchsichtigen Abdeckplanen geschützt. Der Geruch von Farbe und Lösungsmitteln lag in der Luft. Frisch abgeschliffen und neu versiegelt, dachte Julia, als sie über den matt glänzenden Parkettboden schlich. Das Holz ächzte unter jedem ihrer Schritte. Tapeten, Farbeimer und das übrige Renovierungsmaterial waren in einem Zimmer neben der ausladenden, geschwungenen Treppe fein säuberlich verstaut.

»Die haben längst Feierabend, um diese Uhrzeit. Lass uns m-m-mal nach oben gehen.« Auch die Holztreppe bestätigte lautstark mit jeder erklommenen Stufe ihre Gegenwart.

»Mist«, bemerkte Felix leise, nachdem er versucht hatte, den letzten Absatz geräuschlos zu überwinden. An den langen Flur grenzten sechs Zimmertüren. Julia und Felix teilten sich auf.

»Sei vorsichtig und mach dich bemerkbar, wenn du etwas Verdächtiges s-s-siehst.«

Der erste Raum, den Julia betrat, musste das Schlafzimmer sein. Das Bett stand in Einzelteilen in einer Ecke, und über dem großen Kirschbaumschrank hing ein weißes Laken, das nur einen Teil verdecken konnte. Die nächste Tür klemmte und Julia musste zum Öffnen ihre Schulter dagegen drücken. *Was ist denn das?* An der Decke und im kompletten Raum waren umhüllte Gegenstände verteilt. Die vollständig von milchigen Planen verdeckten Objekte erschwerten den Durchgang. Julia drückte sich an den Gebilden vorbei. Sie spürte einen Luftzug. Die Tür knallte ins Schloss. Ruckartig drehte sie sich um. Nichts. Aus der anderen Zimmerecke hörte sie das Knistern, das nur durch das Berühren der Plastikverpackungen kommen konnte. *Felix?* Sie quetschte sich in Richtung Fenster und sah eine schemenhafte Gestalt. Julia spürte das große Zittern, das ihren Oberschenkel bereits in Beschlag genommen hatte. Ihre Muskeln waren nicht mehr unter Kontrolle, und so schlug ihr Bein rhythmisch gegen die nahegelegene Umverpackung. Sie versuchte die Umhüllung festzuhalten, doch sie rutschte nach unten. Ein augenloser, hohler Schädel glotzte Julia entgegen. Sie stolperte vor Schreck einen Schritt nach hinten und rempelte das hinter ihr stehende hohe Gebilde an. Es fiel um und krachte auf den benachbarten kleineren Gegenstand, der den danebenstehenden ebenfalls mit zu Boden riss. Julia verursachte einen Riesenlärm. Geschockt und mit zittrigen Händen stand sie da, sah auf das geöffnete Fenster und auf den Vorhang, der sich im Wind bewegte. *Das war kein Mensch vorhin am Fenster. Hier zieht es einfach nur und der Schädel gehört zu einem Plastikskelett, na bravo, Julia.*

Einige Sekunden später wurde die Tür schwungvoll geöffnet.

»Was ist denn hier los, hast du den Lärm verursacht?«, fragte Felix erstaunt, als er das Chaos erblickte.

»Klar, wer sonst«, antwortet Julia und machte sich daran, das Wirrwarr zu beseitigen.

»Was s-s-steht denn hier alles herum?« Felix half Julia beim Aufräumen und sah sich die Kunstgegenstände und medizinischen Produkte an.

»Ich habe alle Räume durch. Da ist niemand«, berichtete er.

»Am See gibt es ein Bootshaus.«

»Lass uns erst m-m-mal den Keller begutachten.« Felix schloss die Tür, schaltete sein Smartphone ein und versuchte auf dem Weg in den Keller Herrn Lenz zu erreichen.

»Immer noch nichts. Nur die M-M-Mailbox«, informierte er Julia und steckte das Handy in seine Jackentasche zurück.

»Nicht in den Keller. Fast in jedem Krimi sitzen die Bösen oder Entführten da unten, lass uns lieber im Bootshaus nachschauen.« Im Erdgeschoss angelangt, sah Julia durch die verglaste Terrassenfront in den Garten.

»Da war etwas.«

»Ja klar. Was ist denn los, warum willst du um keinen Preis in den Keller?«

»Ach, ich hatte einen Albtraum und … das ist jetzt egal.« Felix ging schnurstracks ins Untergeschoss, und Julia folgte zögerlich.

In diesem alten Gewölbe roch es modrig. Die Backsteine waren nicht verputzt und aus einigen Zwischenräumen bröckelte der trockene Mörtel. Hinter der ersten Tür befand sich der Heizungsraum, in dem eine moderne Pellet-Heizanlage stand. Im zweiten war ein Vorratslager. Auf den deckenhohen Regalen standen Dosen, Kartons mit Lebensmitteln und Einmachgläser mit den exquisitesten Delikatessen. Julia musste unter dem nächsten Bogen in gebückter Haltung durchgehen und spürte etwas auf ihrem Kopf.

»Bah, was ist das?«

»Die sind nützlich…«, sagte Felix, nahm die dicke, behaarte Spinne aus Julias Haaren und setzte sie behutsam in einer anderen Ecke ab.

»Hier ist nichts m-m-mehr. Ich glaube s-s-sowieso nicht dran, dass er die Kleine ausgerechnet in das Anwesen gebracht hat. Das wäre ziemlich dumm.«

»Wir haben aber keinen anderen Anhaltspunkt. Lass uns an den See gehen.«

Sie bewegten sich zwar schnell, doch immer mit Bedacht auf Deckung, in Richtung Bootshaus. Es war über einen kleinen Steg erreichbar und grenzte zur anderen Seite an das Wäldchen. Die doppelten Holzfensterläden und die Türen waren verschlossen. Felix sah durch einen Spalt im Holz und legte sein Ohr gegen die Paneele.

»Das ist s-s-sehr dunkel, aber ich glaube, da ist niemand drin.«

»Es sieht eher aus wie ein Ferienhaus.« Felix suchte auf den freien Querbalken über der Eingangstür nach einem Schlüssel. Julia hob die mit Edelgeranien bepflanzten Blumenkübel hoch.

»Nichts, wo könnte denn…« Felix ging ans Ende des Stegs und kletterte um die Hauswand herum. Julia lehnte sich an den Handlauf, der den Steg einfasste und blickte aufs Wasser. Die Sonne verschwand am Horizont und die letzten Strahlen verursachten ein Glitzern auf der spiegelnden Oberfläche. *Wo könnte er das Mädchen hingebracht haben? Was geht in einem Irren vor, der ein Kind entführt und das Chaos in der U-Bahn anrichtet?* Julia drehte sich um. *Wie groß dieses Grundstück und der Wald wohl sind?*

Im gleichen Augenblick, als Felix wieder bei Julia angekommen war, fühlte sie einen Haken unter dem Geländer.

»Da ist der Schlüssel«, sagte sie und befreite die Schnur von der offenen Öse.

»Na prima, und ich m-m-mach hier die tollsten Verrenkungen.« Felix öffnete die Tür und knipste das Licht an. Die Lampe war mit drei Glühbirnen ausgestattet, von denen eine funktionierte und so wurde nur ein Teil des großen Raumes beleuchtet.

»Diesmal hab ich keine Taschenlampe dabei, ich versuche mal, die Fensterläden zu öffnen.« Julia drehte den Griff, drückte und zog, doch die Fenster waren verschlossen.

»Das hier auch«, bemerkte Felix. Julia entdeckte auf einem kleinen Holzregal über der Eckbank eine Öllampe. Sie schob die Glasabdeckung nach oben, stellte die Länge des Dochts ein und kontrollierte den Ölstand.

»Müsste klappen«, stellte sie fest und suchte nach ihrem Feuerzeug in der Handtasche.

»Dass deine Raucherei auch m-m-mal was Gutes hat.«

»Ja, wenn ich das blöde Ding … warum sind diese Taschen auch immer so …« Julias Handtasche fiel vom Tisch, und als sie auf dem Fußboden aufschlug, verteilten sich ihre Utensilien weitläufig. Beide gingen auf die Knie und begannen die verstreuten Gegenstände auf dem dunklen Holz einzusammeln.

Ein Schlüssel drehte sich im Schloss. Felix hechtete an die Tür.

»Zu.« Er rüttelte und zerrte an der Klinke.

»Das ist ein Bootshaus, wo ist die Tür zum See?« Julia hatte das Feuerzeug gefunden, ließ alle anderen Dinge aus ihrer Handtasche liegen und zündete die Öllampe an. An den großen Raum grenzten drei weitere Türen.

»Hier«, rief sie und übergab Felix die Lichtquelle. Julia zog ihr Handy aus der Tasche und wählte die Nummer von Hauptkommissar Lenz.

»Komm m-m-mal schnell hier rein.« Wieder war nur die Mailbox des Kommissars zu erreichen. Sie legte ihr Mobiltelefon auf den Tisch und rannte zu Felix in den benachbarten, kleineren Raum.

»Was ist denn das?« Sie starrte auf die Wand und ging einige Schritte näher zu den mit Fotos, Artikeln und Zetteln bestückten Holzpaneelen. Felix schob zerschnittene Zeitungen, Klebestifte und einen dicken roten Marker zur Seite und stellte die Lampe auf das Sideboard. Julia riss eines der markierten Fotos ab. *Ich am Schreibtisch in der Redaktion. Das wurde durch die spiegelnde Glasscheibe aufgenommen.* Sie griff nach dem nächsten Bild. *Im Krankenwagen am Hundekehlsee. Der ist total durchgeknallt.*

»Ich hab mich also nicht getäuscht, der Typ ist irre«, kommentierte Julia.

»Ja, der hat Kati und uns beide beobachtet… riechst du das auch?«

»Nein, was denn?«

»Ich kann m-m-mich auch täuschen«, erwiderte Felix und wandte sich den Fundstücken zu.

»Hier, Kati vor der Zeitungsredaktion mit dem Briefumschlag, in dem der Schließfachschlüssel und das Rätsel waren. Er hat Katis Kopf rot eingekreist und ein Kreuz darüber gemalt … jetzt rieche ich auch etwas.«

Felix kontrollierte sofort die Öllampe.

»Die ist okay. S-S-Scheiße, wo kommt das her?« Ein Gemisch aus verbranntem Holz und Brandbeschleuniger, wie man ihn für einen Kohlegrill verwendete, lag in der Luft. Der Gestank wurde intensiver, je weiter sie zurück in den großen Raum gingen. Durch die Eingangstür schossen die ersten Flammen, und von den Holzläden quetschte sich Qualm durch die Ritzen der undichten Fensterrahmen.

»Wir m-m-müssen raus hier.« Felix rannte panisch zu den anderen zwei Türen, die in Richtung See führen mussten. Sie waren verschlossen.

»Ich m-m-muss eine einschlagen, komm, hilf mir etwas zu suchen.« Aus den Spalten züngelten ihnen Flammen entgegen. Sie suchten hektisch nach einem Gegenstand, mit dem sie die Holztüren einschlagen könnten. Aus jeder Lücke drängten sich dunkle Rauchschwaden ins Innere. Julia hechtete an den Wasserhahn in der Kochecke und befüllte Töpfe und Schüsseln.

»Das reicht nicht, Julia! Zieh dein T-Shirt aus, m-m-mach es nass und halte es vor Mund und Nase«, rief Felix und warf sich zum dritten Mal mit seinem vollen Körpergewicht gegen eine der Türen.

Der Qualm wurde dichter und Flammen schossen direkt auf Julia zu. Sie hielt schützend das nasse Shirt vor ihr Gesicht. *Ich muss die Beweise von der Wand reißen.* Julia rannte in den Nebenraum zurück. Sie musste husten und konnte kaum noch durchatmen. Sie riss den Zeitungsartikel und einige Bilder herunter. Als sie nach dem nächsten Beweisstück greifen wollte, löste sich eine brennende Paneele von der Wand und stürzte herunter.

»Juliaaa«, war das Letzte, was sie hörte, als sie zu Boden ging.

Kapitel 19

Julia konnte die Krankenschwester, die vor ihrem Bett stand, nur schemenhaft erkennen. Sie war viel zu schwach, um ihre Augen vollends zu öffnen. Julias rechte Hand war dick verbunden, und durch einen Schlauch in ihrer Nase wurde Sauerstoff zugeführt.

»Kann ich Ihnen noch etwas Gutes tun, Frau Hoven?«

»Wo ist Robert, und wo ist Felix?«, brachte Julia leise hervor.

»Das haben Sie mich schon x-mal gefragt. Sie dürfen schon bald Besuch bekommen.« Das Klopfen an der Zimmertür unterbrach die Krankenschwester.

»Hallo, Julia, ich sehe schon, ich kann dich nicht mehr alleine lassen.« Robert kam mit einem großen Strauß roter Rosen in der Hand herein. Er versorgte die Blumen mit Wasser und stellte die Vase auf den kleinen Tisch in der Ecke.

»Jetzt sind Sie ja in den besten Händen.« Die Krankenschwester nickte Julia freundlich zu und ging aus dem Zimmer.

»Du hast mir einen heftigen Schreck eingejagt.« Robert setzte sich auf die Bettkante und gab Julia einen Kuss.

»Hallo.« Sie musste das Gesicht verziehen. Die höllischen Schmerzen, die von ihrer Hand ausgingen, breiteten sich wie eine Welle in ihrem Körper aus.

»Ich habe mit deinem behandelnden Arzt gesprochen. Die Hautoberfläche weist eine Verbrennung zweiten Grades auf. Die Schädigung hat sekundär zu einem Kreislaufschock geführt.« Sie sog den zugeführten Sauerstoff tief in ihre Nase. Atmete ein und durch den Mund wieder aus. Die ausgehende Luft zischte durch ihre Zähne. Robert fühlte ihren Puls und überprüfte den Blutdruck.

»Du hast Schmerzen, warte, ich spritze dir ein Medikament, dann geht es dir gleich besser.«
Robert injizierte eine Lösung in den Tropf.

»Die Epidermis und die Dermis sind betroffen, aber zum Glück nicht die tiefer liegenden Hautschichten. Mein Kollege geht daher von einer Heilung ohne Narbenbildung aus. Wenn sich dein Kreislauf stabilisiert hat, kannst du schon bald wieder entlassen werden. Ich reiche dann ein paar Tage Urlaub ein und würde dich abholen, wenn es dir recht ist. Das können wir aber auch später noch besprechen. Jetzt ruh dich noch etwas aus.« Robert verabschiedete sich von Julia, drehte sich unter der Tür noch mal um und lächelte ihr beim Rausgehen zu.

Auch wenn sie mittlerweile Zweifel an der Integrität von Robert hegte, sie liebte ihn. Ganz tief in ihrem Herzen kämpften zwei imaginäre Widersacher. Doch bisher war keine Zeit für eine Aussprache mit Robert gewesen, keine Zeit, um den Zwiespalt, in dem sie sich befand, zu kitten und die Skepsis aus dem Weg zu räumen.

Schon am nächsten Tag standen Dr. Lehmann und Kriminalhauptkommissar Lenz in dem kleinen weiß getünchten Raum neben Julias Bett.

»Mensch, Frau Hoven, wenn Sie nicht mal Ihr Temperament zügeln und auf mich oder meine Kollegen warten, geht das irgendwann schief. So, dann mal zum Thema. Sie hatten vollkommen recht. Sie haben ihn tatsächlich an seinen Augen erkannt. Das Chaos, das er in der U-Bahn-Station angerichtet hat, war unbeschreiblich. Es explodierten fünf Mülleimer in regelmäßigen Abständen von zwei Minuten. Das Fazit sind zweiunddreißig Leichtverletzte und acht Schwerverletzte.« Lenz senkte den Kopf.

»Und eine Tote. Die ältere Dame stürzte zu Boden, wurde niedergetrampelt und starb an einem Herzinfarkt.« Julia schüttelte betroffen den Kopf.

Sie drückte auf einen Knopf, der an der Fernbedienung ihres Bettes angebracht war. Das Kopfteil bewegte sich langsam nach oben und so konnte sie, um dem Gespräch besser zu folgen, eine halb sitzende Position einnehmen.

»Wo ist Felix?«, wollte Julia wissen.

»Hier«, juchzte Felix, der im gleichen Moment die Tür geöffnet hatte. Er drängte die anwesenden Herren an die Seite und setzte sich auf die Bettkante. Julias Herz machte einen kleinen Freudensprung, als Felix ihr einen Kuss auf die Wange drückte. Er war ihr Verbündeter, ihr Freund in der Not, ihr Kumpel, der beste Wegbegleiter, den sie sich vorstellen konnte. Mit Felix konnte sie albern sein, Pferde stehlen, er würde sie nie im Stich lassen oder enttäuschen und vor allen Dingen nie hintergehen. Oder fühlte sie auch für ihn mehr, mehr als sie sich selbst eingesehen wollte? Nein, sie liebte Robert trotz dieser vermaledeiten Zweifel. Robert war ein Mann von Welt, gewandt, sinnlich und unsagbar romantisch.

Ihre Gedanken wurden durch Kriminalhauptkommissar Lenz unterbrochen. Er nahm sich einen Stuhl und platzierte ihn neben Julias Bett.

»Seit wann ist denn der Chefarzt der Kardiologie Dr. Pupescu der medizinische Klinikleiter?«, fragte Julia.

»Seit etwa zwei Jahren. Also genau innerhalb des Zeitraumes, in dem die schadhaften Implantate aufgetaucht sind. Er ist gleichzeitig Vorsitzender eines Klinikverbandes und konnte so gezielt den anderen Krankenhäusern dazu raten, bei Prothes zu bestellen«, antwortete Lenz.

»Dr. Pupescu ist Kardiologe, er ist also für die Bestellungen von S-S-Stents zuständig, aber doch nicht für orthopädische Produkte, oder?«, mischte sich Felix ein.

»Als medizinischer Klinikleiter kann er bestimmen, von welchem Hersteller die Produkte bezogen werden, aber der zuständige Arzt in der Orthopädie hat Mitspracherecht.« *Robert?*

»Wie s-s-sollen wir die Zusammenarbeit zwischen der Klinikleitung und Prothes beweisen?«, unterbrach Felix Kriminalhauptkommissar Lenz.

»Können Sie sich daran erinnern, dass ich kurz verschwunden war, nachdem der Schließfachschlüssel im wahrsten Sinne des Wortes wieder aufgetaucht ist?«, fragte der Chefredakteur.

»Ja.«

»Ich hatte Felix kurz nach dem "Auftauchen" in mein Büro gebeten, habe den Schlüssel mitgenommen und ein Duplikat anfertigen lassen. Dann fuhr ich zum Hauptbahnhof und habe die CD, die Oberschwester Kati hinterlegt hatte, im Schließfach gegen eine leere Daten-CD ausgetauscht. Ich war rechtzeitig zurück und konnte so den Original-Schließfachschlüssel an Lenz übergeben.«

»Ja, der Udo Lehmann ist immer noch das alte Schlitzohr von früher. Aber so ganz ungefährlich war diese Aktion nicht, und vor allen Dingen wieder ohne mein Wissen. Ich sag´s ja, diese Zwei hier treten in deine Fußstapfen«, konterte Lenz.

»Hier sind die Unterlagen. Eine Kopie für Ihre Story ist sicher bei mir aufgehoben«, erwähnte Lehmann und zeigte Julia die ausgedruckten Informationen.

»Diese Kontoauszüge beweisen, dass Dr. Pupescu erschreckend hohe Provisionen von Prothes kassiert. Wenn die Firma die Einzelteile für Implantate aus China bezogen hat, war die Gewinnspanne für jedes einzelne Produkt immens.«

»Allerdings wusste der Chefarzt nichts davon, was sein Stiefsohn alles anstellt. Pupescu war auf Vortragsreise, ließ in der Zeit seine Villa renovieren und übergab seinem Stiefsohn den Schlüssel zur Kontrolle. Wie habt ihr überhaupt die verwandtschaftlichen Verhältnisse herausgefunden? Da beide einen unterschiedlichen Nachnamen tragen, war das ja nicht offensichtlich.« Lenz rutsche ein Stück näher ans Krankenbett.

»M-m-mein Charme«, grinste Felix.

»Als Julia die Augen des ominösen Feuerwehrmannes an der U-Bahn-Station zuordnen konnte, s-s-sind wir ins Elisabethen-Krankenhaus gefahren und haben die Krankenschwestern befragt. Da hatte ich dann ein nettes Gespräch mit einer kleinen Blonden …«, Felix lachte,

»sexy, s-s-sag ich euch, und die hat so gern m-m-mit mir geplaudert.« Julia zwickte Felix in die Hand.

»Nur S-S-Spaß«, zwinkerte er ihr zu.

»Der Stiefsohn von Dr. Pupescu leidet unter Schizophrenie. Nach seiner Festnahme und der Vernehmung haben wir unseren Polizeipsychologen dazugebeten. Auf den Fotos, die Sie im Bootshaus gefunden hatten und retten konnten, war ganz klar zu erkennen, dass er Kati Schröder beobachtet hatte. Durch den Artikel "Rettung in letzter Minute" im Berliner Anzeiger ist er auf Sie, Frau Hoven, und Herrn von Westheim gestoßen. Der Psychologe hat uns einiges erklärt, aber hören Sie selbst.« Lenz zog ein digitales Aufnahmegerät aus der Tasche und schaltete es an. Er drückte auf Wiedergabe und spielte die Befragung zwischen dem Polizeipsychologen und dem Stiefsohn von Dr. Pupescu ab.

»Wer hat Ihnen den Auftrag, erteilt Kati Schröder zu beschatten?«

»Die Stimmen, sie sind immer da, sie sagen mir, was ich tun muss.«

»Welche Stimmen?« Es folgte ein klatschendes Geräusch. Julia ging davon aus, dass sich der Befragte an den Kopf geschlagen haben musste.

»Da, da drin. Sie sind immer da, sie sagen mir, was ich tun muss und ich muss gehorchen.«

»Warum haben Sie Kati Schröder verletzt und in den Hundekehlsee gestoßen?«

»Sie hat nicht das gemacht, was ich sagte, und man muss sich doch an Regeln halten. Stimmt's, man muss sich an Regeln halten?«

»Ja, das muss man. Eine Regel besagt aber auch, dass man Menschen keinen Schaden zufügen darf«, erwiderte die ruhige Stimme des Psychologen.

Es entstand eine kleine Pause, und ein Knacken war zu hören, wie es Finger erzeugen, wenn die Gelenke zu sehr gedehnt werden.

»Die Oberschwester wollte Vater schaden, war an seinem Computer in seinem Büro. Ich habe sie beobachtet. Sie hat Daten auf eine CD gespeichert, geklaut. Sie hat gegen die Regeln verstoßen. Das darf man nicht, die Daten gehören Vater.« Die Stimme klang aufgeregt, nervös und unsicher. Anders als Julia sie von der kurzen Begegnung in Erinnerung hatte.

Felix gab ein Handzeichen, sodass Kommissar Lenz die Pause-Taste betätigte.

»Wie äußert sich denn diese Krankheit?«, wollte Felix wissen.

»Ich habe einige Semester Psychologie belegt«, mischte sich Julia ein, »daher weiß ich, dass Schizophrenie eine schwere psychische Erkrankung ist. Es gibt zwar unterschiedliche Erscheinungsformen, doch sie ist immer durch Störungen des Denkens und der Wahrnehmung gekennzeichnet. Menschen, die unter diesem psychischen

Defekt leiden, sind im Allgemeinen sehr intelligent. Sie können sich in einem Moment sehr gewählt artikulieren, freundlich, hilfsbereit und zuvorkommend sein und sich in der nächsten Sekunde in das genaue Gegenteil verwandeln«, erklärte sie.

Nach diesem kurzen, diagnostischen Vortrag drückte Lenz wieder auf Play.

»Sie hat die Informationen weitergegeben, ich hab´s gesehen, ich bin ihr gefolgt in die Zeitung, bevor sie an den See gekommen ist. Da musste ich doch reagieren. Und ich musste doch wissen, wer die Informationen jetzt hat, das sind die Regeln, basta!«

»Was haben Sie dann getan?«

»In der Zeitung stand, wer Kati Schröder gerettet hat, diese Hoven und der Fotograf. Die Stimmen haben dann eins und eins zusammengezählt, die sind ja nicht dumm. Als der Fotograf in der Tiefgarage ans Schließfach wollte, bäm, musste ich die Regeln einhalten.« Lenz schaltete das Gerät aus.

»Das war´s, mehr wollte der Assistenzarzt Martin Jordan nicht sagen. Seit dem schweigt er und verlangt nach seinem Stiefvater Dr. Pupescu«, sagte Lenz.

»Was ist mit Sarah?«, brachte Julia leise hervor.

»Gott sei Dank konnten wir das Kind aus einer kleinen Hütte im Wald auf Pupescus Grundstück befreien. Es geht ihr gut. Sie wird auch psychologisch betreut. Ich will gar nicht darüber spekulieren, was gewesen wäre, wenn wir nur ein paar Minuten später am brennenden Bootshaus ...« Felix, der beobachtete, dass sich Julia ständig auf die Unterlippe biss, schenkte ein Glas Wasser ein und half ihr einen Schluck zu trinken. Julia sah auf das

Bild, das an der gegenüberliegenden Wand hing und eine kleine Familie am Strand zeigte. *Daddy. Ich muss unbedingt zu ihm. Durch die Recherchen konnte ich nur immer kurz mit ihm telefonieren. Sobald ich hier raus bin, fahre ich in die Reha und besuche ihn.*

Als Julia fast die Augen zufielen und sie ihren Kopf zur Seite drehte, sagte Felix:

»Ich glaube, sie braucht jetzt ihre Ruhe, das war s-s-sehr anstrengend.«

Kapitel 20

Kati Schröder sah blass aus und hatte abgenommen. Kein Wunder, wenn sie so lange im künstlichen Koma lag und über Sonden ernährt wurde. *Aber sie ist wach, ansprechbar und auf dem Weg der Besserung. Eine alleinerziehende Mutter von drei Kindern, nicht auszudenken, wenn sie gestorben wäre oder mit einer schweren Behinderung weiter leben müsste.*

»Gott sei Dank«, sagte Julia, beugte sich zum Krankenbett und umarmte die Oberschwester vorsichtig. Nur noch ein kleiner Kopfverband erinnerte an die schwere Verletzung. Die medizinischen Geräte standen abgekabelt in der Ecke.

»Ich kann mich nicht mehr an alles erinnern, aber die Ärzte sagen, das regeneriert sich mit der Zeit wieder«, formulierte Kati noch sehr leise.

»Das wird schon. Die Hauptsache ist doch, dass keine Schäden zurückbleiben.«

»Ja«, strahlte Kati ihr entgegen, »meine Kinder durften mich auch schon besuchen. Sarah leidet noch unter einem Schock. Die Polizei hat mir alles erzählt. Danke Julia, dass du dich für meine Kleine so eingesetzt hast – und für mich.« Tränen kullerten aus Katis Augenwinkeln und tropfen auf das Kopfkissen. Julia streichelte über ihren Arm.

»Ich habe mir die größten Vorwürfe gemacht. Nicht auszudenken, wenn …«

»Alles gut, Julia, ich bin ja selbst ein großes Mädchen. Na ja, diesmal war ich froh um die Hilfe eines anderen großen Mädchens«, lächelte Kati.

»Meine Mutter hat mich besucht. Sie haben die fehlerhaften Brustimplantate ausgetauscht. Das ausgelaufene Material konnte zwar nicht ganz entfernt werden, doch sie ist auf dem Weg der Besserung. Aber was ist denn jetzt mit euren Recherchen und was ist mit deiner Hand passiert?«

»Das erzähle ich dir alles, wenn du wieder auf den Beinen bist. Erhol dich jetzt erst mal. Robert wartet vor der Tür. Wir fahren zu meinem Vater in die Rehaklinik.«

Auf dem Parkplatz ging Julia geradewegs auf Roberts Porsche zu, doch er hielt sie zurück.

»Nein Schatz, der gehört mir nicht mehr. Den habe ich an einen Kollegen verkauft.« Robert öffnete den Kofferraum eines anthrazitfarbenen Opel Astra älteren Baujahres und stellte Julias Tasche hinein.

»Wir müssen dringend reden, mir gehen so viele Fragen durch den Kopf«, sagte Julia, als sie sich anschnallte.

»Ja, das kann ich verstehen. Frag einfach. Wir fahren etwa zwanzig Minuten bis in die Rehaklinik. Aber bevor nicht alles geklärt ist, vor allen Dingen, wer dich immer wieder ungefragt in deiner Wohnung aufsucht, wohnst du doch bei mir, oder?« *Wenn du tatsächlich mit Pupescu unter einer Decke steckst, werde ich bestimmt nicht bei dir wohnen.*

»Das entscheide ich nach unserem Gespräch«, erwiderte Julia ablehnender als gewollt.

»Steckst du mit Pupescu unter einer Decke?«

»Nein«, kam es wie aus der Pistole geschossen zurück. »Nachdem wir die schadhaften Prothesen entdeckt hatten und immer mehr Patienten, auch in anderen Krankenhäusern eingeliefert wurden, bin ich der Sache nachgegangen. Von welchen Herstellern die Medizinprodukte bezogen wurden, hatte mich bis zu diesem Zeitpunkt nur sekundär interessiert. Dafür war schon immer die Klinikleitung zuständig. Dann habe ich ein Gespräch mit Dr. Pupescu geführt. Du hast ja einige Bruchstücke davon mitbekommen, nicht wahr?« Robert bremste an der roten Ampel und legte seine Hand auf Julias Knie.

»Und wenn du nicht das komplette Gespräch belauscht hast, ist ganz klar, was du jetzt von mir denken musst.« In Julia keimte das schlechte Gewissen auf. *Habe ich zu vorschnell geurteilt? Und das passiert ausgerechnet mir. Ich verabscheue Menschen, die nur Bruchstücke hören oder, noch schlimmer, durch Hören sagen Halbwahrheiten verbreiten. Sie legen sich in ihren Gedanken das Puzzle zurecht, und das unpassende Teil wird einfach ergänzt oder ausgetauscht.*

»Ein Bekannter von mir ist Broker. Er hat mir bisher immer gute Tipps geben können, doch diesmal habe ich selbst das Risiko zu gering eingeschätzt und eine Menge Geld verloren. Ich musste den Porsche und noch einiges mehr verkaufen, damit ich wenigstens die Villa halten konnte. Um wieder auf einen grünen Zweig zu kommen, habe ich mich dann auf den Chefarztposten in der Orthopädie beworben. Der jetzige Chefarzt geht demnächst in Ruhestand. Als ich Pupescu auf Prothes und einen möglichen Wechsel zu einem anderen Hersteller für Medizinprodukte angesprochen habe, hat er abgelehnt. Ich solle mich aus dem Thema raushalten, meine Arbeit machen und wenn nicht, stünde ja immer noch meine Bewerbung im Raum.«

»Entschuldige, das erklärt einiges«, sagte Julia leise und senkte den Kopf.

Julia rannte mit einem großen Blumenstrauß in der Hand auf Karl zu, der auf einer Bank in dem parkähnlich angelegten Garten vor der Rehaklinik saß.

»Daddy.« Julia umarmte ihn schwungvoll und gab ihm einen Kuss auf die rosige Wange. Vor lauter Übermut riss sie dabei die Krückstöcke, die an der Parkbank lehnten, zu Boden.

»Hoppla, guten Tag, Herr Hoven«, sagte Robert und hob die Gehhilfen wieder auf.

»Mensch, Daddy, du siehst ja wieder richtig gut aus, und zugenommen hast du auch. Wie geht es dir?«

»Besser, mein Schatz. Ich komme wieder auf die Beine. Trotzdem wird einiges zurückbleiben und ich habe die Autowerkstatt in Freiburg verkauft. Na wenigstens konnte ich einen guten Preis erzielen und der Rest wird sich finden«, sagte Karl mit einem leichten Lächeln auf den Lippen.

»Die Hauptsache ist doch, dass es aufwärts geht«, erwiderte Julia und streichelte seinen Arm.

»Aber was ist mit dir passiert? Du siehst blass aus, und was ist mit deiner verbundenen Hand?«

»Ach, Daddy, das ist eine lange Geschichte.«

»Ich hab Zeit«, grinste Karl

»Dann lasst uns in die Cafeteria gehen, ich lade euch ein«, kommentierte Robert und half Karl beim Aufstehen.

***

Das Blitzlichtgewitter und die große Menschenmenge erinnerte Julia daran, dass sie körperlich noch nicht wieder in Hochform war. Zu der Pressekonferenz, die nach dem Fernsehduell der Kanzlerkandidaten zu den bevorstehenden Wahlen stattfand, waren nur ausgesuchte Journalisten eingeladen. Einer der Reporter drängte sie aus der ersten Reihe und rempelte dabei ihre verletzte Hand an.

»Aua«, rief Julia und hätte dem Herrn gerne einen Schubs gegeben. Felix ließ von seiner Kamera ab, die schwungvoll in den Riemen, den er um den Hals gelegt hatte fiel. Drehte sich zu dem rüpelhaften Kollegen und zog ihn unsanft am Arm zurück.

»Hey, Junge, s-s-so nicht.« Julia sah sich um und entdeckte ein bekanntes Gesicht neben einem Pfeiler, der dicht an der Bühne die Decke im Fernsehstudio abstützte. Hermann Zacher, Patientenbeauftragter der Bundesregierung, saß nach vorne gebeugt in einem Rollstuhl. Sie versuchte Blickkontakt aufzunehmen, doch die Kollegen der anderen Tageszeitungen, die neben ihr in der Reihe standen, verdeckten immer wieder ihr Sichtfeld. *Er sieht nicht gut aus. Die Kobalt-Chrom-Vergiftung fordert ihren Tribut. Wenn man ihm nur helfen könnte.* Jemand stupste Julia von hinten in die Rippe. Sie dachte an den unfreundlichen Kollegen und drehte sich schwungvoll um.

»Hallo, ich bin auch zur Verstärkung da.« Bettina hatte ihren Auftritt. Alle Männer in ihrer unmittelbaren Umgebung starrten auf ihr freizügiges Dekolleté.

»Schön.« *Was will die denn hier? Ja ganz toll, könnte mir nichts Schöneres vorstellen.*

»Was willst du denn hier?«, sprach Felix aus, was Julia dachte.

»Da Julia verletzt ist, kann ich euch doch helfen. Du kannst mit der Hand auch schlecht schreiben.« *Ob sie Kontaktlinsen trägt? Ohne Brille ist sie doch blind wie ein Maulwurf.*

»Ich habe ein Aufnahmegerät und das reicht für die Pressekonferenz aus«, sagte Julia und drehte sich weg.

»Felix«, Julia zog ihn am Ärmel,

»Schau mal, die zwei Typen, da vorne am Bühneneingang. Täusche ich mich?«

»Nein, du hast recht. Das s-s-sind die Kerle, die uns bei Big Bill aufgelauert haben.«

»Alles klar, das bestätigt noch mal, wer hinter dem Datenstick her war.«

»Keine S-S-Sorge, Lenz hat seine Männer hier im Studio verteilt und alle Ausgänge gesichert. Diesmal kann uns nichts passieren.«

Nach dem Fernsehduell der beiden Kanzlerkandidaten fand die Pressekonferenz statt. Die Journalisten stellten ihre Fragen, und die Fotografen knipsten im Sekundentakt.

»Frau Schweiger-Lennardt, in unserem letzten Interview hatten Sie erwähnt, dass Sie den Hauptaugenmerk auf die Gesundheitspolitik legen. Sie bekommen Informationen direkt von der Basis. Sie halten einen ganz besonders guten Kontakt zu dem Klinikverbandsvorsitzenden Dr. Pupescu, ist das richtig?« Die zwei Herren am Rand des Bühneneinganges machten eine kleine Vorwärtsbewegung. Julia sah die abwehrende Handbewegung der Politikerin.

»Selbstverständlich halte ich diese Kontakte für sehr wichtig. Nur so ist es möglich, die Probleme an der Basis zu erkennen und gesetzgeberisch tätig zu werden.« Die Ministerin erteilte den journalistischen Kollegen das Wort, doch so oft sich Julia auch meldete, wurde sie wieder abgewiesen.

»Warum verhindern Sie dann zum Beispiel in Ihrer Position eine einheitliche Prüfstelle für Implantate in Deutschland? Warum können Tausende schadhafter Prothesen auf dem Markt zugelassen werden?« Hermann Zacher hatte sich aus seinem Rollstuhl erhoben und krallte sich mit letzter Kraft an den nahegelegenen Pfosten. Es ging ein Raunen durch die Menge. Julia nutzte die Chance und stellte gleich die nächste Frage:

»Und warum, Frau Schweiger-Lennardt, werden Sie durch horrende Wahlspenden der Firma Echecon, die das CE-Prüfsiegel vergibt, unterstützt?« Jetzt ging alles sehr schnell. Die Anwesenden riefen wild durcheinander. Die Gesundheitsministerin verließ in Begleitung ihrer Bodyguards fluchtartig den Saal. Julia quetschte sich durch das Gedränge zu Hermann Zacher, der sich wieder in seinen Rollstuhl gesetzt hatte.

»Ich wusste doch, dass ich mich auf Sie verlassen kann, Frau Hoven. Das war Timing. Mein gesundheitlicher

Zustand erlaubt es mir nicht mehr, große Taten zu vollbringen, aber ich hatte mir geschworen, dieses Thema nicht auf sich beruhen zu lassen. Ich konnte Ihnen bei unserem ersten Zusammentreffen nicht erzählen, dass Frau Schweiger-Lennardt gerade in den Aufzug gestiegen war, als Sie die Treppen erklommen hatten. Das Thema Prothesen stand zur Diskussion, allerdings musste ich selbst erst einiges in Erfahrung bringen. Können Sie die Wahlspenden belegen?«

»Ja, das können wir. Es war zwar etwas mühsam, an die Informationen zu gelangen«, zwinkerte Julia,

»dennoch haben wir alle Beweise auf einem Datenstick gesammelt.«

»Die bekommt keinen Fuß mehr auf den politischen Boden.« Ein freundlicher junger Mann trat neben Zachers Rollstuhl.

»Das ist mein Sohn Dietmar, er kümmert sich um mich. Ich habe mich nun doch von einer weiteren Operation überzeugen lassen. Es wird ein Kardiologe anwesend sein, der direkt eingreifen kann, falls mein Herz Probleme macht. So habe ich wenigstens noch eine Chance.«

»Ich wünsche Ihnen alles Gute, Herr Zacher, und vor allem Gesundheit.«

Julia drehte sich um und hielt nach Felix und Bettina Ausschau. Da sie keinen der beiden entdecken konnte, wartete sie einen Moment und ging, nachdem sich der größte Tumult aufgelöst hatte, zu einem der Ausgänge. Vor dem Gebäude blieb sie an der hohen Treppe stehen und atmete tief durch. Auf der anderen Straßenseite sah sie Kriminalhauptkommissar Lenz. Er stand vor seinem zivilen Fahrzeug und hielt der Gesundheitsministerin die Hintertür auf. Bevor er in den Wagen stieg, drehte er sich um, und grüßte Julia lächelnd in alter Kapitänsmanier. *Das war`s, wir haben es tatsächlich geschafft. Ich kann den Artikel schreiben. Pupescu und sein Stiefsohn Jordan bekommen ihre Strafen genauso wie die Schweiger-Lennardt und deren Anhänger. In der Gesundheitspolitik wird sich einiges ändern und bei dem Krawall, den jetzt alle Journalisten nach der Pressekonferenz veranstalten, muss eine einheitliche Prüfstelle benannt werden. Es bleibt nur noch eine Frage …*

Kapitel 21

»Jetzt m-m-muss ich schon wieder mit dieser alten Rostlaube fahren.«

»Ich bin ja schon froh, dass du überhaupt einen Führerschein hast«, erwiderte Julia.

»Aber s-s-sobald deine Verletzung verheilt ist, steige ich nicht m-m-mehr auf der Fahrerseite ein«, stellte Felix fest und öffnete Julia die Tür.

»Wo ist denn Bettina hin? Fährt die mit uns mit?«

»Keine Ahnung, aber s-s-sie ist ja auch alleine hier hergekommen.« Felix stieg in den alten Golf und versuchte ihn zu starten.

»Jetzt wird es aber Zeit für ein neues Auto – s-s-spring endlich an.«

»Alte Herrschaften möchten freundlich behandelt werden.« Julia streichelte über das Armaturenbrett. Nach dem fünften Versuch kündigte der Wagen mit einem laut knatternden Auspuff seine Fahrbereitschaft an.

»Möchtest du gleich zurück zu Robert oder können wir noch auf unseren Erfolg m-m-mit einem Gläschen …, ach s-s-so, ich bin ja der Fahrer, ähm m-m-mit einem leckeren Cappuccino anstoßen?«

»Klar. Ich muss nur schnell mein Schmerzmittel einnehmen, und du fährst uns zu einem schönen Café.« Julia öffnete das Tablettenröhrchen und schluckte eine der Pillen.

»Hat dich Big Bill überhaupt noch mal in seiner Wohnung Willkommen geheißen?«

»Kein Problem, ich hatte eine Familienpizza dabei. Er hat die Daten bereitwillig ein zweites Mal entschlüsselt und mir den S-S-Stick sofort wieder mitgegeben. S-S-Seine Sicherheitsvorkehrungen hat er aufgestockt und Mr.Spock gegen S-S-Super Woman ausgetauscht«, lachte Felix.

Die Gegend wurde ländlicher. Da Julia nicht auf die Beschilderung geachtet hatte, konnte sie nicht einordnen, wo sie sich gerade befanden. Felix bog in einen kleinen Waldweg ab.

»Hey, was hast du denn vor?«

»Nicht was du denkst, das ist ein Geheimtipp. Da vorne ist ein Parkplatz, und nach ein paar hundert M-M-Metern zu Fuß erreichen wir ein idyllisches Café im Wald. Laufen s-s-schadet jetzt auch nichts oder?«

»Nein, ganz im Gegenteil«, erwiderte Julia.

Felix parkte den Wagen und hielt Julia gentlemanlike die Beifahrertür auf.

Die Sonne funkelte durch die bunten Blätter. Außer Vogelgezwitscher war jetzt nichts mehr zu hören.

»Bist du dir sicher, dass das der richtige Weg ist, dieser kleine Trampelpfad?«

»Ich sag doch, das ist ein Geheimtipp«, wiederholte Felix.

»Dann machen die aber bald pleite.« Felix der vor Julia lief drehte sich um. Julia stolperte über eine ausladende Wurzel und fiel direkt in seine Arme.

»Hoppla du bist aber s-s-stürmisch, Baby«, lachte er. Sie sahen sich einen Moment tief in die Augen. Julia wandte sich abrupt ab und überspielte das aufkommende Gefühl.

»Wie weit ist es denn noch?«

»Über die Brücke da vorne und dann noch etwa 200 M-M-Meter.«

Sie lehnten sich an das Brückengeländer und betrachteten den Flusslauf.

»Das ist so versteckt hier mitten im Wald, schön. Jetzt wird es auch endlich mal Zeit, dass ich Berlin und die Umgebung …« Felix musste etwas gehört haben, denn er drehte sich schlagartig um. Julia sah in seine angstgeweiteten Augen.

»Was ist…« Felix trat einen Schritt auf sie zu und schubste Julia beiseite.

»Neeiin«, schrie er. Ein ohrenbetäubender Knall durchbrach das Idyll. Julia lag am Boden und sah wie Felix über die Brüstung in die Tiefe stürzte. *Er kann nicht schwimmen!* Julia kletterte ohne darüber nachzudenken über die Begrenzung und sprang hinterher. Der Fluss war nicht sehr tief und sie musste unter Wasser an einen harten Gegenstand geknallt sein. Julia dachte nur noch an Felix, stieß sich mit den Füßen beherzt am Untergrund ab und tauchte sofort wieder auf. Felix trieb bäuchlings auf dem Wasser. Mit ein paar Schwimmzügen war sie bei ihm angelangt. Sie drehte ihn auf den Rücken. Sein weißes T-Shirt zeigte einen großen roten Fleck auf der Brust. Julia drehte behutsam den linken Arm hinter seinen Rücken. Mit der anderen Hand hielt sie Felix Kinn über Wasser und schwamm rückwärts mit ihm ans Ufer.

»Felix«, schrie Julia und zog ihn an Land. Im ersten Moment musste sie ihre Gedanken ordnen. *Schuss? Wer? Warum?*

»Felix«, rief Julia abermals. Blut rann aus einer Wunde an Julias Schulter. Eine Schmerzwelle durchfuhr ihren Körper. Julia drückte die Hand auf ihren Rippenbogen, um gegen das Stechen anzukämpfen, das ihr die Luft zum Atmen nahm. Sie starrte zu dem leblosen Körper und ihre Verzweiflung wurde für einen Augenblick in ein zeitliches Vakuum verschoben. Die Zeit schien still zu stehen. Plötzlich war ihr eines ganz bewusst. Alles andere erschien unwichtig. Es spielte keine Rolle, ob sie eine gute Journalistin werden würde. Materielles rückte in den Hintergrund. Es zählte nur noch eines. Menschen. Menschen, die ihr ganz nah standen, denen sie bedingungslos vertrauen konnte, die sie so nahmen, wie sie war, mit ihren Fehlern, Ecken und Kannten. Menschen, die ihre Seele berührten. Es gab nur wenige solcher Perlen, die sie pflegen und polieren sollte, damit sie ihr nicht aus der Hand glitten und zurück ins unendliche Menschenmeer gespült würden. – Felix!

Julia schüttelte ihren Kopf und ermahnte sich zum Handeln.

»Felix, hörst du mich?« Sie streichelte über seine Wange. Blut lief aus seinem Mund.

»Oh Gott. Felix!« Julia wurde von Tränen geschüttelt. Sie schob das Shirt nach oben und sah die Schusswunde. Für diesen kurzen Moment waren ihre eigenen Qualen nicht gegenwärtig. Sie konnte nicht mehr an das gerade Geschehene denken, das Warum oder Wie. Ihre Gefühle für Felix waren so tief und doch wurden ihr diese erst jetzt bewusst, jetzt wo es zu spät sein konnte.

Julia suchte in ihrer Jeanshose nach dem Handy, doch während der verwirrten, hektischen Suche wurde ihr klar, dass ihre Handtasche und das Smartphone im Bootshaus verbrannt waren und sie noch keinen Ersatz besorgt hatte. Sie zog verzweifelt Felix' Handy aus dessen Hosentasche. Aus. Nass. Kein Ton.

»Hilfe, Hallo!«

Julia wurde von einer eisigen Kälte erfasst und geschüttelt. Mit klammer Hand griff sie an Felix' Hals, um den Puls zu fühlen. Nichts. Kein Pochen. Julia drückte mit beiden Händen, die sie übereinandergelegt hatte neben die Wunde auf seine Brust.

»Eins, zwei, drei, vier, fünf…«, Sie presste ihre Lippen auf seine, atmete ein und stieß die Luft in seinem Mund wieder aus. *Der Kopf hängt schief, so bekomme ich nichts in seine Lungen.* Sie legte ihre Hand unter Felix' Kinn, hob seinen Kopf an und drückte ihn leicht nach hinten. Wieder presste sie ihre Lippen auf seine.

»Eins, zwei, drei, vier, fünf…«

»Felix bitte, lass mich nicht allein.« Atmen. Herzmassage. Atmen. Herzmassage.

»Felix ...« Sie wischte das Blut an seinem Mund ab.

Wieder fühlte sie nach seinem Puls. Auch diesmal konnte sie nicht den kleinsten Aderschlag spüren.

Julia hievte sich auf ihre wackeligen Beine nach oben und schwankte in Richtung Café, das nach Felix' Beschreibung ganz nah sein musste. Sie starrte auf das schwarze Display des Mobiltelefons in ihrer Hand. Ihre Finger huschten über den kleinen Bildschirm. Im gleichen Atemzug hörte sie ein Rascheln hinter einem Baum und drehte sich um. Eine vermummte Person mit einem Gewehr im Anschlag sprang mit zwei Schritten auf Julia zu … Der äußere Bereich ihres Sichtfeldes verschwamm. Ihre Beine wurden warm und schwer. Diese Schwere kroch langsam über ihren Körper und brachte ihn mit aller Macht in seine Gewalt. Die kurzen Bildausschnitte, die Julia noch wahrnehmen konnte, zuckten und detonierten dann in einer schwarzen Leere.

***

Es regnete in Strömen. Julia zitterte am ganzen Leib. Sie spürte ihre malträtierten Gelenke, ihre geschundene Hautoberfläche und jede Zelle ihres Körpers ganz bewusst. Sie saß auf einer Parkbank und betrachtete sich selbst wie eine Fremde. *Ich bin Julia Hoven, Journalistin des Berliner Anzeigers – was ist passiert? Okay ich will mal eine gute Journalistin werden. Mein Vater ist krank und liegt im Elisabethen-Krankenhaus – wie komme ich hierher?* Ihre Bluse war zerrissen und der Verband ihrer rechten Hand durchnässt. Ihr Schädel dröhnte. Sie wusste nicht, wo sie sich befand, noch wie sie an diesen Ort gelangt war. Aber was noch viel schlimmer war, sie wusste, dass etwas Schreckliches passiert sein musste, und konnte sich nicht daran erinnern. *Ich war mit meinen Eltern unterwegs – oh Gott der schreckliche Unfall – Mama. Nein das ist schon länger her, das kann es nicht sein. Ich habe recherchiert, ja es geht um Hüftimplantate – oder? Daddy? Scheiße! Denken, Julia, reiß dich zusammen, du musst dich beeilen – warum? Keine Ahnung.* Sie krempelte ihr Hose hoch und sah die Blutergüsse. Das Atmen fiel ihr schwer. Sie griff an ihre Rippe und drückte gegen den Schmerz. *Was soll ich tun? Wo soll ich hin? Polizei? Krankenhaus? Nein. Ich muss herausfinden, was passiert ist, mich erinnern, ich habe keine Zeit. Wer könnte … ich kenne keinen in Berlin. Dr. Seifert.*

Heute

»Dr. Seifert«, rief Julia, als sie die Augen öffnete.

»Ich muss die Polizei anrufen. Felix, um Felix ging es die ganze Zeit. Bitte, Frau Dr. Seifert, bitte das Telefon.«

»Langsam, Frau Hoven, Sie sind jetzt den zweiten Tag bei mir in der Praxis. Die Hypnose war sehr anstrengend für Ihren geschundenen Körper.«

»Bitte Frau Dr. Seifert. Ich muss wissen, ob Felix noch lebt – aber wie sollte er. Es war niemand in der Nähe, ich konnte keinen Notruf absetzen und niemanden verständigen – und das alles war vor zwei Tagen.« Julia wurde von einem Weinkrampf durchgeschüttelt.

»Wie sind Sie denn in meine Praxis gekommen?«

»Als ich auf der Parkbank im Regen saß, hat mich jemand angesprochen und gefragt, ob ich Hilfe benötige und ob er mich zu einem Arzt bringen solle«, schluchzte Julia.

»Aber wie sind Sie von der Brücke in diesen Park gelangt?«

»Das weiß ich nicht… ich habe also immer noch einige Erinnerungslücken«, klagte Julia.

»Ja das ist möglich. Sie sehen ja, wie unser Unterbewusstsein zum Schutz nach einem traumatischen Erlebnis reagiert, und da Sie in letzter Zeit nicht nur ein Trauma zu bewältigen hatten …«

»Bitte, ich muss mit Hauptkriminalkommissar Lenz telefonieren.«

Seifert erhob sich aus ihrem Klubsessel und brachte Julia das Mobilteil.

»Lenz und sein Kollege sind nicht erreichbar? Aber Sie können mir bestimmt auch Auskunft geben zu Felix von Westheim … Nein? … Dürfen Sie nicht telefonisch?«, wiederholte Julia und drückte die rote Hörertaste.

»Das gibt es doch nicht. Lehmann, ich muss Lehmann anrufen.« Julia setzte sich auf die Sofakante und schob die Wolldecke zur Seite.

»Lehmann ist nicht zu erreichen? Was ist mit Felix? … Warum bist du so erstaunt von mir zu hören? Du weißt nichts … das ist egal wo ich jetzt bin«, Julias letzte Worte waren kreischend. Sie legte auf, ohne sich von Bettina zu verabschieden.

»Frau Hoven, aus Gründen Ihrer körperlichen und seelischen Verfassung würde ich Sie gerne einige Tage in eine spezielle Klinik überweisen.« Julia sah die Ärztin mit aufgerissenen Augen an.

»Sie glauben doch nicht, dass ich jetzt die Zeit und den Nerv dafür habe. Ich bin Ihnen sehr dankbar, Frau Dr. Seifert, aber ich muss zu Robert, das ist der Einzige, der mir jetzt noch helfen kann. Als Arzt bekommt er bestimmt schneller Auskunft in den Krankenhäusern.«

Kapitel 22

Robert öffnete die Tür und Julia fiel ihm verzweifelt in die Arme.

»Wo warst du, ich hab mir Sorgen gemacht, als du nach der Pressekonferenz nicht aufgetaucht bist, was ist passiert?« Robert begleitete Julia ins Wohnzimmer, setzte sich zu ihr aufs Sofa und hörte ihren Schilderungen geduldig zu.

»Du liebst Felix?«

»Entschuldige, Robert, aber Gefühle lassen sich nicht steuern. Würdest du mir trotzdem helfen und alle Krankenhäuser abtelefonieren, die in Frage kommen?« Robert stand auf, ging in die Küche und kam mit einer Flasche Wein und zwei Gläsern zurück.

»Das muss ich erst mal verdauen«, sagte er und schenkte den Wein ein. *Bitte, die Uhr tickt.*

»Das ist in dieser Situation viel verlangt, Julia, aber ich bin Arzt und werde dir aus diesem Grund helfen … Was ist los, du bist ja ganz blass?« Robert stand auf und half Julia sich auf das Sofa zu legen.

»Bleib am besten liegen, bis sich dein Kreislauf wieder stabilisiert hat.« Robert nahm sein Glas und stand auf.

»Ich werde oben in meinem Büro die Gespräche führen, ruh dich aus. Sobald ich etwas erfahren habe, komme ich runter.«

Julia starrte auf die Uhr an der Wohnzimmerwand. *Ich habe ihn verletzt, mit meiner Entscheidung zutiefst gekränkt, dennoch möchte ich klare Verhältnisse, auch in dieser Situation, auch wenn Felix* ... Warten, schon wieder, untätig dem Schicksal ausgeliefert. Als Robert auch nach einer halben Stunde nichts von sich hören ließ, ging Julia in die obere Etage und klopfte an seinem Büro.

Keine Antwort. Sie drückte die Klinke nach unten und öffnete die Tür. Der leere Stuhl stand vor dem Schreibtisch.

»Hallo?« Keine Antwort. Sie ging die Treppe wieder nach unten.

»Robert?«, rief Julia jetzt lauter. Nichts. *Was? Wo?* Julias Blick fiel auf die Kellertreppe. *Ob er eventuell Getränke…? Aber er hatte doch den Wein.* Julia hielt sich am Handlauf fest und ging Stufe für Stufe die geschwungene Treppe nach unten.

»Robert, hallo?«, rief sie abermals. *Das gibt es doch nicht.* Im Kellergeschoss befanden sich vier Türen. Sie öffnete eine nach der anderen, doch er war in keinem der Räume zu entdecken. Die letzte Feuerschutztür ließ sich nur schwer aufdrücken. Da Julia nichts erkennen konnte, betätigte sie den Lichtschalter.

Ein karg eingerichteter Raum, nur der grelle Schein eines Strahlers, der auf einen Operationstisch – *oder fahrbare Trage?* – gerichtet war. Neben der Liege stand ein Beistelltisch, auf dem Operationsbesteck – *und Messer?* – akribisch geordnet lagen. Julia ging weiter in den Raum hinein, und sah an der gegenüberliegenden Wand den unteren Teil einer älteren Küchenzeile. Auf der

Ablagefläche waren Einzelteile von Prothesen der Größe nach sortiert. *Ein Versuchslabor?* Julia spürte einen Einstich an ihrem Oberarm, und noch bevor sie sich umdrehen konnte, brach sie zusammen.

Ihr Körper lag leblos auf einer Trage. Im nächsten Moment öffnete sie ihre Augen und ihr Leib begann zu zittern. Sie strampelte panisch, doch dies verursachte nur eine Straffung der Fesseln, die ihre Gliedmaßen fixierten. Sie schnürten sich immer tiefer in das Fleisch ihrer Hand- und Fußgelenke und stoppten die Blutzufuhr.

Es war kein Albtraum! Sie wollte die Geschehnisse zwischen Realität und Täuschung rekapitulieren, doch es gelang ihr nicht. Die Bilder veränderten sich, sie waren wie in Nebel gehüllt. Schritte kamen auf sie zu, und durch den milchigen Schleier konnte sie das Gesicht der Person nicht genau erkennen, die sich jetzt über sie beugte.

»Wer sind Sie? Wo bin ich?« Einzelne Wortfetzen drangen an ihr Ohr, aber die Gestalt sprach nicht mit ihr. Wieder versuchte sie, sich darauf zu konzentrieren, ihr volles Bewusstsein zu erlangen.

Über die Venen schoss es in ihren Blutkreislauf, gelang über die Kapillare in das Netzwerk ihrer Organe und setzte sich in jeder Zelle ihres Körpers fest. Die Bilder wurden unscharf und das Flackern, das sich wie ein Lauffeuer in ihren Augen ausbreitete, explodierte in einem schwarzen Nichts …

***

»Hände hoch«, hörte Julia, als sie ihre Augen aufschlug.

»Stop, aufhören, oder ich schieße!« Der ohrenbetäubende Knall riss Julia mit einem Schlag in die Realität zurück. Sie wollte ihren Arm anheben, doch er war an den Operationstisch gefesselt. Schwarz gekleidete Männer stürmten in den Kellerraum. Das grelle Licht der Lampe über ihr blendete, und sie kniff die Augen zu.

»Frau Hoven, geht es Ihnen gut?« Lenz drehte den Strahler an die Decke und Julia blickte ihm verwirrt entgegen. Der Kriminalhauptkommissar befreite Julia von den Fesseln und half ihr, sich auf die Kante des Tisches zu setzten. Ihr Kopf drehte sich, ihr Blick war verschwommen. Sie griff an ihren Oberarm und spürte die Einstiche der Nadeln. Ihr logischer, rationaler Verstand weigerte sich zu akzeptieren, was sie sah.

»Robert?«, rief sie entsetzt. Zwei Beamte trugen Robert verletzt aus dem Raum.

»Robert hat? … wollte? Aber warum?« Ein Arzt kam zur Tür herein, stellte seinen Koffer ab und untersuchte Julia. Ihre Gedanken kreisten. *Robert wollte mich …? Warum? Eifersucht? Steckt er doch …?*

***

An der Einrichtung wird sich wohl in den nächsten Jahren auch nichts mehr ändern. Julias Blick schweifte auf den aus den Siebzigerjahren stammenden Schreibtisch. Sie saß neben Dr. Lehmann vor Kriminalhauptkommissar Lenz.

»Wie wurden Sie denn darauf aufmerksam, dass es nicht Robert, sondern seine Stiefschwester war?«, fragte Julia.

»Ich hatte Ihnen doch versprochen, dass wir uns mit der Hausverwaltung in Verbindung setzen, um herauszufinden, wer ihr jetziger Vermieter ist. Sie hat die Wohnung von ihrem Onkel Karl-Heinz geerbt. Dieser Onkel hat sie bevorzugt, da sie das leibliche Kind der Bachs war«, erklärte Lenz und breitete die dicke Akte auf dem Schreibtisch aus.

»Warum hatte sie einen anderen Nachnamen?«

»Durch die antisoziale Persönlichkeitsstörung fühlte sich Robert Bachs Stiefschwester als Kind immer schon, neben ihrem Adoptivbruder, zurückgesetzt. Mit achtzehn hat sie geheiratet und mit neunzehn wurde sie wieder geschieden, hat aber den Namen beibehalten. Bach hat von seinen leiblichen Eltern eine Menge Geld und die Villa geerbt und in seinen jungen Jahren schon eine sensationelle Karriere hingelegt. Sie hatte Robert als Zehnjährige schon beneidet und ihm ein Messer ins Gesicht geworfen, das zum Glück nur einen oberflächlichen Schnitt am Lid verursachte.« Lenz räusperte sich und blätterte weiter.

»Aber was hatte das alles mit mir zu tun?«, fragte Julia.

»Eifersucht. Sie fühlte sich von Ihnen in ihrem beruflichen Vorankommen gebremst. Bei Menschen mit einer dissozialen Persönlichkeitsstörung besteht eine geringe Schwelle für aggressives und gewalttätiges Verhalten. Sie werden nicht selten straffällig. Sie können sich weder in Personen hineinversetzten, noch eine gefühlsmäßige Beziehung aufbauen«, las der Kommissar aus der Akte vor.

»Rücksichtslos, ja, das mussten wir in der Redaktion auch des Öfteren feststellen«, mischte sich Lehmann ein und zündete sich eine dicke Havanna an.

»Als Sie, Frau Hoven, dann noch mit ihrem Bruder zusammengekommen sind, war das Maß voll. Sie hatten all das, was Frau Bettina Berger immer wollte. Berger wusste um Ihr Trauma, und dass Sie in medikamentöser Behandlung waren. Sie wollte Ihnen Angst einjagen, sodass Sie, Frau Hoven, freiwillig Berlin, die Wohnung, Ihren Arbeitsplatz und Robert Bach verlassen«, erklärte Lenz und nahm die Zigarre, die ihm Lehmann anbot, dankend entgegen.

»Aber warum haben Sie im Keller auf Robert geschossen, wenn Bettina mir dieses ominösen Mittel gespritzt hatte?«

»Da Frau Berger in seiner Villa ein- und ausging, dachten wir zu diesem Zeitpunkt noch, dass Dr. Robert Bach mit ihr gemeinsame Sache macht. Sie hatte einen Sauberkeitsfimmel und die Villa ständig auf Hochglanz poliert. Anscheinend durfte sie nur sein Büro nicht betreten. Wir haben das Haus beobachtet. Sie, Frau Hoven, waren verschwunden – bei ihrer Psychologin Frau Dr. Seifert, aber das wussten wir ja nicht. Plötzlich standen Sie vor der Villa, und wenn ich das nebenbei bemerken darf, in einem augenscheinlich desolaten Zustand. Wir diskutierten darüber, ob wir Sie überhaupt alleine zu Dr. Bach gehen lassen konnten, da wir ja, wie gesagt, nicht wussten ob die Geschwister unter einer Decke stecken. Als einige Zeit später Frau Berger die Villa betrat, wollten wir nichts mehr riskieren und haben daraufhin gestürmt. Dr. Bach stand im Keller direkt vor

Ihnen und Sie lagen leblos auf dieser Trage. Für uns hat es so ausgesehen, als würde er Ihnen Schaden zufügen. Wir haben nicht bemerkt, dass er Sie nur befreien wollte. Als mein Kollege eine Spritze in Dr. Bachs Hand entdeckte, hat er ihm ins Bein geschossen. Er wird aber wieder vollständig genesen.« Lenz stand auf und öffnete ein Fenster in dem jetzt vernebelten Raum.

»Warum hat sich Robert überhaupt mit seiner Schwester getroffen, wenn sie doch auch zu ihm kein gutes Verhältnis hatte?«, fragte Julia. Lenz ging zurück, setzte sich hinter den Schreibtisch und zog eine Kopie aus der Akte.

»Ja, das haben wir uns auch gefragt. Als wir die Wohnung von Frau Berger durchsuchten, ist uns ein Schriftstück in die Hände gefallen. Schauen Sie mal.« Lenz legte das Blatt vor Julia auf den Tisch.

»Sie muss Dr. Robert Bach erpresst haben. Hier ist ein von ihm gefälschter OP-Bericht.«

Julia senkte den Kopf.

»Haben Sie die Waffe auch bei Bettina gefunden?«

»Ja, der verstorbene Vater von Frau Berger war Jäger. Sie hatte den Waffenschrank in ihrem Keller deponiert. Die Spuren waren eindeutig. Sie hat auf Sie geschossen. Felix von Westheim hat die Kugel abgefangen und Ihnen somit das Leben gerettet. Wir gehen davon aus, dass Frau Berger gestört wurde, oder die Flinte Ladehemmung hatte. Als sie dann vermummt vor Ihnen stand, hat sie Ihnen das Gewehr über den Schädel gezogen.«

Ein Klopfen unterbrach die Ausführungen von Lenz.

»Ja bitte?« Die Tür wurde mit Schwung aufgerissen.

»Bin ich zu s-s-spät? Mist, aber ich habe keinen Parkplatz gefunden. S-S-Schatz, der neue Wagen ist klasse.« Felix nahm sich einen Stuhl und setzte sich neben Julia.

»Schön, dass Sie auch zu uns stoßen, Herr von Westheim, geht es Ihnen besser?«

»Ja, danke – ab und zu hab ich noch s-s-so ein Ziehen in der Brust. Aber ob das von der Kugel s-s-stammt …« Felix stupste Julia an, »kann ich m-m-momentan nicht genau beantworten.«

»Bettina Berger hatte wohl an diesem Tag auch ihre Brille vergessen«, fügte Lenz noch hinzu.

«Ich s-s-sags ja, ein blindes Huhn. Aber in dem Fall war es besser s-s-so.« Felix streichelte Julias Hand und hielt sie dann fest umklammert.

»Jetzt wissen wir ja, dass Sie noch bevor Frau Berger Sie niedergeschlagen hatte, den Notruf absetzten konnten, Frau Hoven. Es war uns ein Rätsel, dass Felix schwer verwundet und dennoch reanimiert, alleine unter der Brücke lag. Sein Handy war auf der Wiese, aber von Ihnen weit und breit keine Spur.«

»Dazu kann ich Ihnen auch nichts sagen Herr Lenz. Ich habe bis heute nicht die leiseste Ahnung, wie ich auf diese Parkbank gelangen konnte«, erwiderte Julia.

»Und nachdem klar war, dass auf Felix geschossen worden war und Sie, Frau Hoven, verschwunden waren, haben wir Herrn von Westheim unter Verschwiegenheitspflicht in ein Krankenhaus eingewiesen. Außer Dr. Lehmann, der während der OP auf dem Gang wartete, durfte keinem Auskunft erteilt werden.«

»Und da jetzt wieder alle gesund sind, die Story eingeschlagen hat wie eine Bombe und zum Umdenken auffordert, können wir jetzt alle wieder an unsere Arbeit gehen«, sagte Lehmann und stand von seinem Stuhl auf.

»Aber die nächsten Recherchen tätigen Sie bitte ohne ominöse Informanten, ja?«, grinste Lenz und verabschiedete seine Besucher.

Auf dem Parkplatz vor dem Polizeipräsidium angelangt, öffnete Felix den Kofferraum des schwarzen Audi A4.

»S-S-Schadstoffarm, so wie es sein soll. M-M-Mit dem fahre sogar ich.« Felix zog eine Zigarrenschachtel heraus und übergab sie Lehmann.

»Hier Chef, wenn wir jetzt zwei Wochen nicht da s-s-sind, dann s-s-sollen Sie wenigstens an uns denken.«

»Danke. Ihr habt euch die Reise verdient. Damit wollte sich der Boss entschuldigen. Wenn es nach ihm gegangen wäre, hätte ich euch ja schon lange von der Story abziehen sollen. Ja, ja wenn man politisch die Fäden in der Hand hat, kann man zuweilen auch einen Zeitungsinhaber unter Druck setzen. Egal. Die Serie auf Seite zwei wartet auf euch. Jetzt erholt euch gut und macht mir keine Dummheiten.«

Der nagelneue Audi stand im Stau zum Flughafen. Felix legte seine Hand auf Julias Knie und sah zu ihr auf den Beifahrersitz.

»S-S-Schatz?«

»Ja?«

»Hab ich dir eigentlich s-s-schon von meiner Flugangst erzählt?« Julia sah ihn verduzt an.

»Nur S-S-Spaß, die zwölf S-S-Stunden bis Kuba sind doch nach dem Dilemma ein Klacks für uns.« Julia zwickte ihn ins Knie.

»Du kannst es nicht lassen… apropos Kuba, hab ich dir schon von dieser unerklärlichen Krankheit erzählt, die dort grassiert?«

***

Nachwort der Autorin

Nur Ältere Menschen benötigen Implantate? Nein, durch Krankheit oder Unfall kann jeder von uns betroffen sein, das Alter spielt dabei keine Rolle.

Nächste Woche – Morgen – Heute – Jetzt!

Das Kernthema entspricht leider der Realität und hier ist im Gegensatz zu "Zersetzt" noch kein Happy End in Sicht.
Tatsache ist, dass im Jahr 2011 und 2012 bei mehreren hundert Patienten Komplikationen auftraten: Sie alle hatten eine künstliche Hüfte, eines Marktführenden Herstellers auf diesem Gebiet, eingesetzt bekommen. Doch die Prothese hielt nicht, was sie versprach. Die Kobalt-Chrom-Legierung wurde durch die Belastung abgerieben, das Material verteilte sich in feinsten Teilchen im Körper und löste bei den Patienten schwere Vergiftungserscheinungen aus, die von einer Herzmuskelentzündung über Beeinträchtigungen der inneren Organe bis hin zu Blindheit reichten. Bei Blutuntersuchungen wurde eine bis zu 1600fache Überschreitung des Kobalt-Grenzwertes gemessen.

Die betroffenen Hüftgelenke sind mechanisch zerstört, weisen Löcher auf, haben sich im Körper schlicht

zersetzt. Vor allem Hüftgelenke sind davon betroffen, weil sie das ganze Körpergewicht zu tragen haben und deshalb besonders starke Kräfte auf die künstlichen Gelenkköpfe und -pfannen wirken.
Die verwendeten Gelenkprothesen waren also ganz offensichtlich schadhaft, und das nicht nur im Einzelfall. Der Laie fragt sich nun, wie es überhaupt sein kann, dass untaugliche Medizinprodukte auf den Markt gelangen können. Jedes Auto muss regelmäßig zum TÜV, jeder Toaster wird getestet - und Hüftprothesen nicht?
Natürlich gibt es in Europa Zulassungsverfahren für medizinische Produkte. Was von diesen zu halten ist, bewiesen Journalisten des British Medical Journal und des Daily Telegraph. Sie unternahmen genau das, was im Roman Felix und Julia tun: Sie versuchten, eine Zulassung für ein offensichtlich minderwertiges künstliches Gelenk zu bekommen, um es auf dem europäischen Markt vertreiben zu dürfen. Dazu sprachen sie bei 14 osteuropäischen Prüfinstituten vor, die Medizinprodukte für den europäischen Markt zulassen. Das Testprodukt war so designt, dass es einem Produkt ähnelte, das 2010 wegen technischer Mängel vom Markt genommen wurde. Mehr noch, die getarnten Journalisten gaben in der Beschreibung an, es sei nicht auszuschließen, dass Metallabrieb auftreten könnte und damit kleinste Teilchen auch ins Blut der Patienten gelangen könnten. Die Genehmigung hätten sie trotzdem bekommen. Anders als bei Arzneimitteln, gibt es für medizinische Prothesen keine staatliche Zulassungsstelle. Die Prüfinstitute sind privatwirtschaftlich organisiert. Sie bekommen ihr Geld von den Firmen, die Produkte zum

Zertifizieren einreichen. Wie die getarnten Journalisten erfuhren, werden dazu oftmals nur die Unterlagen geprüft, die Prothese selbst aber gar nicht untersucht. Wie groß seitens der Prüfinstitute die Motivation ist, ein Prüfstück abzulehnen und das Siegel zu verweigern, versteht sich von selbst, zumal die Prüfstellen untereinander um Aufträge von den Herstellerfirmen konkurrieren.
Im September 2012 erließ die EU eine Neuregelung für die Zulassung von Medizinprodukten. Darin wird festgelegt, dass die Zulassungsstellen die Produkte auf ihre Tauglichkeit hin überprüfen sollen (etwa, dass sie nicht rosten). Doch die Hersteller dürfen sich ihre Zulassungsstelle nach wie vor selbst aussuchen und bezahlen diese auch immer noch. Außerdem gibt es keine verbindlichen Prüfstandards.

Das Problem besteht nicht nur bei Prothesen. Auf dem Markt waren auch mit Industriesilikon gefüllte Brustimplantate und fehlerhafte Messsysteme für Diabetiker. Das ist ein Anzeichen dafür, dass die Prüfvorgaben in der EU nicht ausreichen, um einen entsprechenden Standard zu gewährleisten. Experten richten im Wesentlichen drei Hauptforderungen an die Brüsseler Kommission:

1. Eine Zentralisierung des Zertifizierungsprozesses und Unabhängigkeit der Prüfstelle. Derzeit gibt es über 80 Prüfstellen, die alle im wirtschaftlichen Wettbewerb miteinander stehen und von den Auftraggebern (den Herstellern) bezahlt werden.

2. Klinische Studien als Voraussetzung zur Zulassung, wie es im Bereich Arzneimittel der Fall ist: Hersteller sollen erst beweisen müssen, dass ihr Produkt einen langfristigen Nutzen und keinen Schaden hat, ehe sie die Erlaubnis bekommen, das Produkt zu vertreiben.
3. Transparenz: Daten sowohl über das Produkt als auch über die Prüfverfahren und -ergebnisse sollen verfügbar gemacht werden. Bisher werden die nämlich von den Prüfstellen unter Verschluss gehalten.

Der letzte Skandal um die Brustimplantate hat den gesundheitspolitischen Ausschuss in Brüssel nur scheinbar in Bewegung gesetzt. Die Abgeordneten in Brüssel einigten sich auf einen Kompromiss, der viel zu kurz greift, und das auch erst ab 2015. Experten zweifeln allerdings, ob selbst diese harmlose Änderung in Kraft treten wird, denn sie ist vom Ministerrat noch nicht genehmigt. Im Wesentlichen sieht die Änderung vor, dass Produkte nicht nur vor ihrer Markteinführung, sondern auch später noch von den Prüfstellen unter die Lupe genommen werden sollen. Außerdem werden Zulassungsstellen für besonders riskante Produkte wie Herzschrittmacher künftig von der europäischen Arzneimittelbehörde EMA besonders streng kontrolliert. Das Augenmerk hierbei gilt allerdings nicht den Prüfunternehmen oder den medizinischen Produkten, sondern den einzelnen Kontrolleuren. Bei Beanstandungen der Kontrollabläufe kann eine Expertengruppe den Fall übernehmen und das Produkt erneut prüfen.

Die Idee einer staatlichen Vorabzulassung und einer zentralen europäischen Zulassung für Risikoprodukte bei der EMA wurde abgelehnt. Erfreut darüber ist vor allem der Bundesverband Medizintechnologie, die Lobbyvereinigung der Hersteller von Medizinprodukten. Die Entscheidung ist ganz nach deren Geschmack.

Experten kritisieren an den EU-Richtlinien vor allem folgende Punkte:
1. Es wird nur geprüft, ob ein Implantat funktioniert, nicht, ob es tatsächlich nutzt oder ob es vielleicht sogar Schaden im Körper anrichten kann.
2. Es fehlt ein Nachrichtensystem, das Ärzte vor schadhaften oder problematischen Medizinprodukten warnt. Im Bereich Arzneimittel gibt es so etwas: die sogenannten "Rote-Hand-Briefe". Im Bereich Prothesen kann ein Arzt, wenn der Patient Pech hat, im besten Wissen und Gewissen ein schadhaftes Produkt einbauen, weil er über Probleme oder Risiken einfach nicht informiert wurde.
3. Medizinprodukte werden durch die EU-Neuerungen auch nicht besser kontrolliert als vorher. Nach wie vor ist keine staatliche Genehmigung erforderlich, um Prothesen oder Implantate auf den Markt zu bringen. Die von der EU geplante Einführung einer Medical Devices Coordination Group (MDCG) zur Überwachung der Zulassungsstellen wird nichts nützen, weil die MDCG nicht weisungsbefugt ist. Sie kann nur Kommentare abgeben, an die die Zulassungsstelle sich aber nicht halten muss - ein zahnloser Tiger.

Vor und nach den EU-Neuerungen liegt die Verantwortung für die Qualität der Produkte allein beim Hersteller.
Allgemeines Interesse an einer europaweiten, behördlich geregelten, unabhängigen Zulassungsstelle für Medizinprodukte besteht nicht. Kritiker fürchten, ein solches Projekt sei zu teuer und würde auch die Markteinführung von neuen Produkten behindern. Dass Produkte schnell und unkompliziert auf den Markt drängen, ist also wichtiger als der Schutz des Patienten.
Und so kann die Realität auch weiterhin Stoff für Romane liefern.

Alles Liebe und vor allen Dingen Gesundheit.
Eure Lena Sander

(September 2013)

Danksagung

Erwischt. Gehören Sie zu denjenigen, die es vor lauter Neugierde nicht aushalten und zuerst einen Blick in den hinteren Teil eines Buches werfen? Dann wünsche ich Ihnen erstmal Lesevergnügen und danach sage ich:

Herzlichen Dank an alle Leser. Danke dafür, dass Sie sich für dieses Buch interessiert haben und – wie ich hoffe – bis zum Ende durchhalten konnten. Ihre Meinung, Kritik oder Anregungen sind willkommen.
Sie erreichen mich unter:
E-Mail: Sander-Lena@online.de

Wenn Sie sich öffentlich äußern möchten, können Sie dies über eine Rezension tun, am besten direkt in dem Shop, in dem Sie das Buch erworben haben.

Danken möchte ich der Textehexe Susanne Pavlovic. Auch wenn ich mir während unserer Zusammenarbeit auf die Schenkel klopfen oder mir die Haare raufen musste. Danke für deine Tipps, die das Buch geformt haben und deine Geduld, die du bei mir als störrischer Autorin immer wieder aufbringen musstest.

Meine Familie und vor allen Dingen meinen Mann möchte ich nicht vergessen. Dieses Buch hat auch dich einige Nächste gekostet, in denen ich vor mich hingejammert habe oder laut schreiend aufgewacht bin.

Danke Mama. Wir zwei Hüftinvaliden bekommen das schon wieder in den Griff.

Vergessen möchte ich auch dich nicht, Kati. Danke, dass ich deinen Namen übernehmen durfte, und für einige fundierte Hinweise.

Und zum Schluss … Danke Lutz! Deine Tipps zur Polizeiarbeit waren sehr hilfreich. Ohne die wäre Hauptkriminalkommissar Lenz einfach nur ein Kommissar und direkt am Hundekehlsee aufgetaucht.

2789046R00154

Printed in Germany
by Amazon Distribution
GmbH, Leipzig